Frauenhände spinnen fein

Ein Roman

von **Martin Cygon**

© Copyright 2000 by Martin Cygon
Gesamtherstellung: **Libri - Norderstedt**
ISBN   **3-89811-575-5**
Umschlag :   **CYGON - DESIGN**
                      Speckfeld 35   33824 Werther

Das Zuhause

Isabel freute sich. Nicht oft fuhr sie mit ihrer Mutter in das fünf Kilometer entfernte Dorf Söredom, um einige Dinge zu kaufen, die für das harte Leben in der Fischerhütte benötigt wurden.

Es war Herbst, und die wenigen Bäume der Umgebung begannen in den schönsten Farben zu blühen. Die Brise die von der Nordsee her wehte, frischte in den letzten Tagen immer häufiger und stärker auf. Bald würden die Herbststürme beginnen.

Das Dorf lag östlich ihres bescheidenen Heims, und hatte kaum mehr als drei Dutzend Häuser. Wie immer würde es jedoch Interessantes zu sehen geben für Isabel, die die Einsamkeit der Dünen gewohnt war. Sie freute sich auf Herrn Brockmann, der vor einigen Jahren in dem kleinen Fischerdörfchen einen Kramladen eröffnet hatte, weil ein Arzt dem Kaufmann die Seeluft empfohlen hatte. Herr Brockmann plagte ein chronischer Husten, seit er jedoch in Söredom seinen Laden besaß, sei es schon viel besser geworden, meinte er.

Und dann war da noch Herr Waikes, der Bootsbauer. Oft unterhielt sich Isabels Vater mit ihm und diskutierte mit ihm über die Drift von Bootsrümpfen und deren Standfestigkeit bei einem Sturm. Davon verstand Isabel allerdings nicht viel. Interessanter war es, zuzuschauen, wie Herr Waikes die Planken eines Bootes hobelte, dass die Späne nur so flogen. Einmal im Jahr brachte ihr Vater sein Boot zu Herrn Waikes um es mit Harz neu versiegeln zu lassen. Anschließend kam dann noch eine frische Teerschicht auf den Rumpf.

Es war das Jahr 1857. Isabel war gerade vierzehn Jahre alt, und unter ihrem Kleid konnte man schon erkennen, dass sie sich vom Mädchen zur jungen Frau entwickelte.

In letzter Zeit betrachtete sie sich nachts, wenn ihre Eltern schliefen, immer öfter und begann die Veränderungen ihres Körpers zu erforschen. Isabel wollte schon oft mit ihrer Mutter darüber sprechen, fand jedoch nie den Mut dazu.

„Warum kommt Vater nicht mit?" fragte Isabel und schaute dabei ihre Mutter ernst an.

„Ach Kind," erwiderte sie, „du weißt doch, dass Vater hart arbeiten muss um uns zu ernähren."

Dann widmete sie sich wieder dem Wagen, vor dem sie das alte Pferd gespannt hatte. Die Stute namens Gunde hatte mittlerweile schon zweiundzwanzig Jahre bei der Familie hinter sich gebracht und dabei immer treu ihre Dienste verrichtet.

Isabel war es nicht entgangen, dass sich ihre Eltern in letzter Zeit verändert hatten. Ständig stritten sie sich. Häufig über belanglose Dinge. Immer wieder diskutierten ihre Eltern bis in die Nacht über Geld, begannen zu rechnen, verwarfen Pläne. Vater war länger am Arbeiten und kam immer später vom Krabbenfischen heim. Während der Ebbe fuhr er in das nahegelegene Dorf, um die Krabben zu verkaufen, die jedoch immer weniger einbrachten.

Mutter erledigte mit Isabels Hilfe den Haushalt, versorgte das Dutzend Milchkühe, die Herde Schafe und bestellte das Gemüsefeld, das hinter dem Haus lag.

Isabel schwang sich auf den Wagen. Ihr blondes Haar wehte ihr dabei ins Gesicht. Mit einer flinken Handbewegung strich sie es zur Seite.

Langsam setzte sich der Wagen in Bewegung. Schweigend hatte sich Isabels Mutter neben ihr niedergelassen. Jetzt gruben sich die alten, schweren Wagenräder in den tiefen Sand. Vorbei ging es an Dünen und einem kleinen Bach, in Richtung Söredom. Schon von weitem konnte man den Kirchturm der kleinen Gemeinde erkennen.

Wie lang war Isabel schon nicht mehr im Gottesdienst gewesen. Das Leben als Tochter eines Krabbenfischers kannte nicht den Tag an dem Gott die Menschen dazu aufforderte zu ruhen. Nur das Kreuz, das über der Tür in der Hütte hing und das Gebet vor jedem Essen erinnerte sie daran, dass sie Christen waren.

Das Dorf bestand neben der Kirche aus kaum mehr als zwei Dutzend Fischerhütten, einem Gemeindehaus, einem Genossenschaftshaus der Fischer und einem Kramladen. Die Straßen waren vor langer Zeit einmal gepflastert worden, allerdings hatte der Winter seine Spuren an ihnen hinterlassen, so dass sich eine Menge Schlaglöcher gebildet hatten. Edith musste den Wagen mal auf die rechte mal auf die linke Seite der Straße lenken um den Vertiefungen auszuweichen. Im Dorf angekommen fuhren sie direkt zum Laden von Herrn Brockmann. Gemeinsam betraten sie den Laden, in dem eine kleine Glocke zu läuten begann, sobald man die Tür öffnete. Herr Brockmann stand, wie immer, hinter der Ladentheke und grüßte höflich. Aus seinem runden Gesicht trat ein breites Lächeln.

Wie alt mochte er sein, dachte Isabel, vielleicht Ende vierzig? Sein Gesicht wirkte immer etwas rötlicher als bei den anderen Dorfbewohnern. Sein braunes Haar begann an den Schläfen grau zu werden.

Während ihre Mutter einige Nägel, etwas Schnur und Hanftaue kaufte, schaute sich Isabel im Laden um. Hier konnte man einige Dinge betrachten. In einer Ecke stand ein Fernrohr auf einem Stativ. Interessiert studierte sie das Gerät.

„Du kannst ruhig einmal hindurchschaun" rief Herr Brockmann von der Theke herüber.

Sie hatte einmal die Zeichnung eines Fernrohrs in einem alten Seefahrerbuch gesehen, das ihr Vater vor Jahren mitbrachte, sie hatte es sich allerdings nicht so groß vorgestellt.

Gespannt richtete sie das Fernrohr durch das Fenster auf die Kirchturmspitze. Der messingfarbene Hahn glänzte in der Sonne. Das hatte sie nicht gedacht, dass man die Dinge durch das Gerät so nah heranholen konnte.

*

Isabel van Haag, 1843 geboren als Tochter des Fischers John van Haag und seiner Frau Edith van Haag, geborene Janssen, lebte im Großen und Ganzen recht zufrieden in der sparsamen Fischerhütte zwischen den Dünen. Vielleicht kam es daher, weil ein Mädchen ihres Alters noch nicht nach den materiellen Dingen des Lebens trachtete, die für einen

Erwachsenen so wichtig schienen. Aus Reichtum, Ruhm und Geld machte sie sich nichts. Viel glücklicher war sie, wenn sie durch die Dünen stapfen konnte, in den blauen Himmel schaute, und den Möven bei ihrem Spiel mit dem Wind zusah. Wie konnte man Ruhm gegen die Schönheit eines Sonnenuntergangs eintauschen, und wie konnte man das Rauschen der Brandung mit Geld kaufen?

Da das nicht ging glaubte sie das glücklichste Mädchen der Welt sein zu müssen, und das ging bis vor einigen Jahren auch ihren Eltern so.

Ihr Vater hatte vierzehnjährig, als Midshipman auf der Nautilus, einem Schiff der englischen Marine angeheuert, und war nach sechsjähriger Entdeckungsreise aus Australien als Steuermann zurückgekehrt.

Danach heuerte er auf einem norwegischen Walfängerschiff an, das jedoch in einer stürmischen Nacht vor Helgoland auf Grund lief und zerbrach. In einem Rettungsboot wurde er von der Insel weggetrieben und landete nach zehntägiger Irrfahrt mit fünf weiteren Seeleuten genau vor Söredom. Dort lernte er auch seine jetzige Frau Edith kennen. Ihr Vater war ein alter Krabbenfischer und Ediths Mutter schon vor Jahren einer Lungenentzündung erlegen. John verliebte sich sofort in das Mädchen Edith, dessen rotblondes Haar immer zu einem Zopf zusammengebunden war. Die süßen Sommersprossen um ihre Nase ließen ihn dahinschmelzen, und so heirateten die Beiden bald darauf. John gab das Leben als Seemann auf, und widmete sich von da an der Krabbenfischerei. Kurz darauf starb Ediths Vater. Es schien als habe er nur darauf gewartet, bis seine Tochter glücklich verheiratet, das Leben ihrer Eltern fortführen konnte.

John hatte von seinen Reisen etwas Geld zurückgelegt. Er kaufte dafür ein größeres Boot, neue Netze und deckte das Dach der Hütte neu. Damals konnte ein Fischer mit einem guten Boot und neuen Netzen ein vernünftiges Einkommen erzielen, aber diese Zeiten waren vorbei. Seit die großen Fischereigesellschaften die Nordsee befuhren fielen die Preise für Krabben und Fische ins Bodenlose. Mittlerweile musste John seinen Fang an die Genossenschaft der Fischereigesellschaften verkaufen, von denen er lediglich einen Dumpingpreis erhielt. Also mußte Vater John bei jeder Flut und bei jedem Wetter hinausfahren und fischen, um wenigstens genügend Geld für das Nötigste zu verdienen. Dies war besonders im Winter sehr hart.

Auch die Milchkühe warfen nicht viel ab. Das Gemüsefeld war für den Eigenbedarf bestimmt, und selbst die Schafswolle die sie bisher gut an Herrn Brockmann verkaufen konnten erzielte, seit diese aus Neuseeland importiert wurde und die neuartige Baumwolle aus Südamerika immer mehr auf den Markt drängte, bei weitem nicht mehr den Preis wie vor einigen Jahren.

All diese Probleme waren auch an Isabel nicht vorbeigegangen. Sie sorgte sich sehr um ihre Eltern, besonders um ihren Vater, der nun immer weiter aufs Meer hinausfuhr, und den mittlerweile auch kein aufziehender Sturm an seiner Arbeit hinderte. So auch an diesem schicksalsreichen Tag, dem 19. November 1857.

„Musst du heute unbedingt hinausfahren?" fragte Edith ihren Mann.

„Fang nicht schon wieder davon an", brummte er.

„Aber es zieht Sturm auf."

„Ich werde damit schon fertig, außerdem habe ich ein gutes Boot."

„Trotzdem ist es gefährlich."

„Ich habe schon schlimmeres erlebt", erwiderte er und ging schweigend aus der Wohnstube hinaus. Isabel war in der Küche und hatte alles mitangehört. Nun ging sie zu ihrer Mutter. Sie saß am Tisch und hatte ihr Gesicht in ihren Händen vergraben. Ihre Ellenbogen waren auf dem Tisch aufgestützt und über ihre Wangen rollten dicke Tränen. Schweigend nahm Isabel ihre Mutter in den Arm.

„Dein Vater bringt sich noch um", schluchzte diese.

„Er wird schon wissen was er tut", erwiderte Isabel

„Nein, weiß er nicht."

„Doch weiß er."

„Dein Vater hat sich in letzter Zeit so verändert", begann Isabels Mutter zu erzählen, „Damals, als wir heirateten schien uns alles in unserem Leben zu glücken, aber dann begannen die Preise für die Krabben und die Schafswolle zu fallen. Vater musste immer härter arbeiten, und die Ersparnisse die er während seinen Seefahrten bei Seite gelegt hatte sind auch schon aufgebraucht."

„ Es wird bestimmt wieder alles gut werden", versuchte Isabel ihre Mutter zu trösten.

„Nein, wird es nicht", sagte Edith, „ ich habe schon versucht deinen Vater davon zu überzeugen, das Haus und die Schafe zu verkaufen, und in eine Stadt zu ziehen, um in einer Fabrik zu arbeiten. Dann hätten wir wenigstens unser Auskommen, aber man hat uns zu wenig für das Haus geboten."

Für Isabel brach eine Welt zusammen. Dass sie nicht reich waren, das wußte sie, aber das Haus aufgeben und in eine große Stadt ziehen ? Fort von den Dünen und dem Meer? Isabel schaute aus dem Fenster. Dort belud ihr Vater gerade das Boot. Er warf die Netze auf das Deck und packte einen Beutel Proviant und einen Kanister Wasser dazu. Dann hisste er das Segel und stach in See.

Weinend rannte Isabel aus dem Haus, auf eine Düne und schaute auf das Meer hinaus. Wie oft hatte sie hier schon gesessen und geträumt. Aber nun war alles anders. Es wurde frischer, die Brise wurde stärker. Schweigend sah sie zu, wie sich das Boot ihres Vaters mühsam einen Weg durch die schäumende See bahnte. Es war wirklich gefährlich, bei so einem Wetter hinauszufahren.

Als das Boot am Horizont verschwunden war schlenderte Isabel langsam zur Hütte zurück.

Drinnen arbeitete ihre Mutter in der Küche. Sie hatte sich wieder beruhigt. Nur ihre geröteten Augen verrieten, dass sie geweint hatte. Ohne ein Wort zu sagen, ging Isabel auf den Dachboden, in ihre kleine Kammer, öffnete die kleine Luke im Giebel und schaute hinaus auf das Land. Auf der Weide vor der Hütte blökten die Schafe, und etwas weiter hinten standen einige Eichen, denen der Herbstwind das prächtige, grüne Kleid geraubt hatte. Als kleines Mädchen war Isabel im Sommer mit ihrem Vater oft dorthin gegangen, denn die Äste der alten Bäume spendeten wohltuenden Schatten. Wieviele Geschichten hatte sie dort von ihrem Vater erfahren, die er auf seinen abenteuerlichen Entdeckungsreisen erlebt hatte.

Einmal, so erzählte ihr Vater, befanden sie sich auf der Flucht vor einem französischen Kriegsschiff. Beide Schiffe waren gleich schnell, so dass es weder der Nautilus gelang davonzusegeln, noch dem französischen Kriegsschiff, sie einzuholen.

Dann zog dichter Nebel auf. Man konnte kaum noch die Hand vor den Augen erkennen. Kein Lüftchen regte sich. Man konnte nur ahnen, wo sich das gegnerische Schiff befand. Der Kapitän der Nautilus befahl einigen Seemännern in ein Beiboot zu steigen, und es vor den Bug zu binden. Dann wurde gerudert. Zoll um Zoll bewegte sich das Schiff durch das spiegelglatte Meer. Die Seeleute in den Beibooten wurden jede halbe Stunde abgelöst.

Die Flaute dauerte fast zwei Tage, und als der Nebel sich dann lichtete war das französische Kriegsschiff außer Sichtweite. Dieser Zwischenfall hatte in der Admiralität der englischen Krone natürlich für Heiterkeit gesorgt, und der Kapitän, der das Kommando auf dem Schiff hatte, bekam einen Orden.

Isabel schaute zum Horizont. Die Sonne ging schon unter. Bald würde es Abend werden, und sie würde sich schlafen legen. Sie ging wieder hinunter in die Wohnstube und setzte sich an den großen alten Tisch, auf dem ihre Mutter jetzt das Abendbrot hinstellte.

Missmutig aß sie ein Stück Brot mit Schafskäse und trank dazu einen Becher Milch. Gedankenversunken kaute sie vor sich hin.

Für Isabel war heute eine Welt zusammengebrochen.

Das Unglück

„Wach auf, Isabel", rief ihre Mutter.

„Was ist denn los?" Isabel wälzte sich auf die andere Seite und wollte weiterschlafen.

„Dein Vater ist heute nacht nicht nach Hause gekommen."

„Wie?" rief Isabel schläfrig und richtete sich auf. Plötzlich schien sie hellwach zu sein. Im Osten erschien am Himmel schon das rotfahle Licht das den baldigen Sonnenaufgang verkündete, man konnte jedoch noch die Sterne erkennen die sich am Firmament tummelten.

Eilig zog sich Isabel an und rannte hinunter in die Wohnstube. Auch Edith hatte sich angezogen. Draußen hatte die Ebbe den breiten Sandstrand vom Meer befreit. Das Boot von John van Haag war nicht am Kai festgemacht. Dort, wo es sonst lag war nur eine ungewohnte Leere.

Schnell zogen sie den Wagen aus dem Schuppen, der vor einigen Jahren von John neben die Fischerhütte gebaut wurde, und spannten Gunde davor. Dann ging es Richtung Söredom.

Als sie in Söredom ankamen, war es Morgen, und die Möwen segelten schon durch die Lüfte. Einige Fischer waren bereits aufgestanden und diskutierten auf dem Marktplatz über die schlechten Preise, die ihre Fänge erzielten. John war nicht unter ihnen.

„War John hier?" rief Edith. Die Fischer schauten sich um. Erich Jansen, ein Krabbenfischer, den alle nur Bottel nannten (wahrscheinlich weil er so gerne Rum trank, und das nicht gerade wenig) kam zu Edith herüber.

„Ist dein Mann denn gestern abend noch rausgefahren?„

„Ja."

„Und der Sturm."

„Ich habe ihn nicht davon abhalten können."

„Aber das war ja Wahnsinn."

„Das sagte ich ihm auch, aber ich habe ihn nicht davon abhalten können."

Aus der Gruppe der Fischer rief jemand herüber.

„Das musste ja mal passieren. So weit haben uns die Fischereigesellschaften schon gebracht, dass wir jetzt schon bei Sturm auslaufen müssen."

„Halt die Klappe", rief Bottel, und dann wieder zu Edith. „Also hier ist er nicht gelandet , wie du siehst."

„Ist ihm denn keiner auf See begegnet ?" schluchzte sie.

„Wir sind gestern abend nicht ausgelaufen, es schien uns zu gefährlich."

Weinend ging Edith wieder zum Wagen. Bottel rief ihr nach.

„Wir werden die Augen offen halten, wenn wir heute rausfahren!" Dann wandte er sich wieder der Gruppe zu, die bereits anfing über die Sache zu diskutieren.

Deprimiert fuhren Mutter und Tochter nach Hause. Dort angekommen versorgte Isabel halbherzig die Schafherde und die Kühe.

Inzwischen war es Mittag, und die Flut hatte den Sandstrand wieder unter sich begraben, doch Vater kam nicht.

Etwas später konnte man am Horizont das Segel eines Fischerbootes erkennen, das direkt auf sie zusteuerte. Als das Boot näher kam, konnte man erkennen, dass sich dicht dahinter noch ein zweites Boot befand, dessen Segel allerdings nicht gehisst waren. Der Mast war abgeknickt, und auf Deck sah es ziemlich wild aus.

Es war Bottel der auf sie zusegelte, und es war Johns Boot das er im Schlepptau hatte. Isabel rannte in die Hütte, um ihre Mutter zu holen. Das aber war nicht nötig, sie kam ihr schon entgegengelaufen, denn sie hatte durchs Fenster auf das Meer hinausgeschaut.

Bottel machte die beiden Boote am Kai fest und ging zu Mutter und Tochter, die erschüttert das Boot betrachteten.

„Ich habe das Boot vor Norderney im seichten Wasser treibend gefunden, aber von John keine Spur", presste Bottel zwischen den Zähnen hervor.

„Oh Gott", stöhnte Edith und brach zusammen.

Als sie zu sich kam, lag sie auf dem Bett in der Hütte. Isabel saß auf dem Bettrand und befeuchtete ihre Stirn mit einem nassen Tuch. Bottel hockte auf einem Stuhl neben der Tür durch die es in die Wohnstube ging. Als er sah, daß Edith zu sich gekommen war, ging er zu ihr herüber.

„Es ist überhaupt nicht gesagt, dass dein Mann tot ist", versuchte er sie zu beruhigen. „Es ist gut möglich, dass er sich nach Norderney hat retten können."

„Aber..........aber.......", stammelte Edith.

„Ruh dich erst einmal aus", sagte er, verschwand durch die Tür und segelte davon. Traurig schaute Isabel aus dem Fenster. Komisch, obwohl das Boot ihres Vaters jetzt da war, verschwand diese Leere am Kai nicht. Vielleicht lag es an dem abgeknickten Bootsmast oder an der Unordnung auf Deck. Einige Segelfetzen hingen von der Bootswand in das Wasser, und die Taue lagen wild durcheinander.

Wie in Trance ging Isabel zu dem Boot hinüber. Die Netze waren noch dort wo, ihr Vater sie am Vortag hingeworfen hatte, auch der Beutel mit dem Proviant lag noch neben dem Ruder, das gebrochen zu sein schien. Nur der Wasserkanister war verschwunden. Sie wusste nicht warum, aber sie begann auf dem Boot Ordnung zu schaffen. Sie legte die Taue zusammen, entfernte das restliche Segeltuch und sägte den gebrochenen Bootsmast ganz ab, um ihn zu Brennholz zu verarbeiten. Eigentlich braucht das Boot nur ein neues Ruder und einen neuen Mast, dachte sie.

Als sie mit der Arbeit fertig war, begann es schon dunkel zu werden. Die Tage wurden immer kürzer. In der Hütte saß ihre Mutter bei einer Tasse Tee und schaute gedankenversunken ins Leere. Bis dahin hatten sie immer noch keine Nachricht über das Schicksal von John erhalten.

„Wir sollten uns schlafen legen", sagte Isabel „wir können eh nichts tun."

„Warum musste er nur hinausfahren", murmelte Edith, und dann etwas lauter.

„Warum musste er nur hinausfahren?"

„Beruhige dich Mutter", sagte Isabel aber Edith wollte sich nicht beruhigen.

„Warum mußte dieser gottverdammte Idiot nur bei diesem Wetter hinausfahren?" schrie Edith anklagend. Wieder schüttele sie ein Weinkrampf. Ruhig nahm

Isabel ihre Mutter in den Arm. Edith weinte sich an der Schulter ihrer Tochter aus, und schluchzte immer wieder leise.

„Warum...warum mußte das alles so kommen?"

„Du hast gehört, was Bottel gesagt hat, es ist gut möglich, dass er noch lebt."

„Nein er ist tot."

„Wir dürfen die Hoffnung nicht aufgeben", presste Isabel heraus, aber sie glaubte schon selber nicht mehr daran, dass ihr Vater noch lebte.

Es war kurz nach ein Uhr nachts, als es an der Haustür klopfte. Isabel schreckte hoch, warf sich einen Mantel über und rannte hinunter. Dort sah sie, dass ihre Mutter schon bei der Tür war und sie öffnete. Draußen stand Bottel.

„Wir haben deinen Mann gefunden."

„Ist er...Ist er...?" doch Edith brachte keinen Satz heraus.

„Beruhige dich."

„Wo habt ihr meinen Mann gefunden?"

„Auf einer Sandbank bei Norderney"

„Ist er....tot?"

„Ja , wir haben ihn in das Gemeindehaus von Söredom gebracht."

„Nein!" schrie Edith, „das kann nicht sein!"

Dann brach sie zusammen, aber Bottel war schon bei ihr um sie aufzufangen.

Isabel stand die ganze Zeit wie versteinert auf der Treppe, die vom Dachboden zur Stube führte. Jetzt warf sie die Hände vor ihr Gesicht und begann zu weinen.

*

Am Morgen fuhr Edith mit ihrer Tochter nach Söredom. Die Möwen kreischten, und der Bach schlängelte sich immer noch durch die Wiesen, aber Isabel hatte keinen Blick für die Ruhe, die in der Landschaft lag. Irgendwie war nun alles anders. Es lag irgend etwas bedrückendes auf den Deichen, an denen sie vorbeifuhren. Alles erinnerte sie an die Zeit, als sie noch eine glückliche Familie waren.

Endlich kamen sie in Söredom an. Sie fuhren direkt zum Gemeindehaus, um John van Haag den Fischer und ehemaligen Seefahrer, der die Welt gesehen hatte, abzuholen.

Vor dem Eingang stand eine kleine Gruppe Fischer. Als Isabel und Edith vor dem Eingang hielten verstummten sie. Christoph der jüngste Fischer ging auf die Beiden zu.

„Edith, Isabell...unser aufrichtiges Beileid."

„Danke", murmelte Edith tonlos.

„Also wenn ich...Ich meine wenn wir etwas für euch tun können..."

„Danke wir kommen schon zurecht."

Drinnen war es duster. Die Dorfbewohner, die John alle kannten und nicht zuletzt seiner Vergangenheit wegen achteten, hatten eine große, weiße Kerze neben den Tisch gestellt, auf dem John aufgebahrt war. Sein Körper war in ein weißes Leinentuch gehüllt. Vier Fischer kamen herein und trugen den Leichnam schweigend zu dem Wagen und legten ihn auf die Pritsche.

*

Als Isabel und ihre Mutter den Vater und Ehemann John am darauffolgenden Tag beerdigt hatten, setzten sie sich an den großen Tisch in der Wohnstube und schauten sich ernst an. Das ganze Dorf war gekommen um John das letzte Geleit zu geben. Der Pastor der kleinen Gemeinde hielt eine Grabrede. Die anderen Fischer standen da, und schauten betroffen als sich der Sarg in den Boden senkte. Alle hatten John geachtet, viele hatten ihn um Rat gefragt, vielen hatte er geholfen.

„Was sollen wir jetzt nur machen?" fragte Isabel

„Das weiß ich auch nicht so recht", antwortete Isabels Mutter. Und so saßen sie schweigsam bis spät in die Nacht hinein an dem großen Tisch, und grübelten vor sich hin. Ohne zu einem Ergebnis zu kommen gingen sie dann in ihre Betten.

Am nächsten Morgen war Edith schon früh auf. Als Isabel aufstand hatte sie schon die Kühe und die Schafe versorgt und bereitete in der Küche das Frühstück, das aus Hirsebrei und etwas Schwarzbrot bestand.

„Guten Morgen, Mutter."

„Guten Morgen mein Kind."

„Wie geht es dir heute, Mutter."

„Iss etwas Isabel du mußt jetzt stark sein."

„Ja Mutter."

Schweigend setzte sich Isabel an den Tisch und aß. Ediths Haar lag wirr im Gesicht, ihre Augen waren gerötet. Man konnte erkennen, dass sie keine gute Nacht gehabt hatte. Es schien Isabel als sei ihre Mutter um Jahre gealtert. Sie ging gebückter, ihre

Bewegungen waren langsamer und ihre Hände zitterten.

An der Tür klopfte es. Edith öffnete und schaute in das Gesicht von Bottel.

„Moin Edith."

„Guten Morgen Bottel."

„Wir haben, das heißt, die Fischer von Söredom haben gesammelt. Es ist zwar nicht sehr viel, aber es wird euch helfen."

„Danke Bottel, und richte auch meinen Dank an die Anderen aus."

„Das werde ich machen. Kann ich sonst noch etwas für euch tun?" fragte Bottel

„Ja, wenn du Herrn Waiks, den Bootsmacher und Herrn Ahles den Verwalter vom Gutsherrn triffst, sag ihnen bitte ich möchte sie sprechen."

„Das werde ich tun."

Dann verabschiedete sich Bottel. Mutter und Tochter waren wieder allein. Edith schüttete den Inhalt des kleinen ledernen Beutels, den sie von den Fischern bekommen hatte, auf den Tisch. Sie zählte das Geld. Es waren achtundsiebzig Taler und drei Groschen. Davon konnte man erst einmal eine Weile leben.

Am Nachmittag traf Herr Ahles ein. Ein begabter junger Mann, der die Geschäfte des Gutsherrn leitete. Das Gut der Familie Garis lag südöstlich von Söredom. Von den van Haags mußte man etwa vier Stunden bis dorthin reiten. Isabel war einmal mit ihrem Vater dorthin gefahren. Die großen Scheunen, und das prachtvolle Haus der Familie Garis hatte sie sehr beeindruckt. Irgendwie stellte sie sich so ein Schloss oder eine Burg vor.

„Guten Tag, Frau van Haag", begann Herr Ahles, der trotz seiner Position immer sehr freundlich war. Das hatte ihm im Dorf und bei den umliegenden Höfen und Fischerhütten ein hohes Maß an Achtung eingebracht.

„Herr Ahles," begann Edith, „wie sie wissen ist mein Mann bei einem tragischen Unglück ums Leben gekommen."

„Sie wollen sicher ihr Vieh und ihr Land verkaufen?"

„Nein, nur das Vieh. Wieviel geben sie mir für die Kühe und die Schafe?"

Nun holte Herr Ahles einen Stift und ein Blatt Papier aus der Tasche.

„Wieviele Jungtiere hat die Schafherde?"

„Zwölf."

„Und wieviel Böcke?"

„Zehn, und achtzehn Muttertiere."

„Und die Kühe?"

„Acht gute Milchkühe."

Herr Ahles begann zu rechnen, kritzelte Zahlen auf das Blatt Papier und sagte nach einer Weile.

„Also zweihundertsiebenundsiebzig Taler und acht Groschen, mehr kann ich ihnen nicht geben."

„Ich will dreihundert Taler haben." In Edith schien die Geschäftsfrau zu erwachen.

„Zweihundertfünfundachtzig, mehr kann ich ihnen wirklich nicht geben."

„Sagen wir Zweihundertneunzig und das Geschäft ist perfekt."

Herr Ahles stimmte zu, beklagte sich aber darüber, dass er nun bestimmt Ärger mit dem Gutsherrn bekommen würde. Dann trank er noch eine Tasse Tee, und verabschiedete sich mit dem Hinweis, dass in den nächsten Tagen ein Kötter mit einigen Knechten vorbeikommen würde, um das Vieh abzuholen.

Gegen Abend kam Herr Waikes, dem Edith das Boot ihres Mannes verkaufen wollte. Nach ähnlich zähen Verhandlungen ging das Boot für einhundertzwanzig Taler in den Besitz von Herrn Waikes über.

„Wenn wir alles verkaufen, wovon sollen wir dann leben?" Fragte Isabel ihre Mutter.

„Was hilft es uns wenn wir hier bleiben. Das Boot war stark beschädigt. Das Geld für die Reparatur hätte ich nicht aufbringen können, außerdem kann keiner von uns ein Boot steuern. Von den Kühen und Schafen allein können wir auch nicht leben. Irgendwann hätten wir Stück für Stück verkaufen müssen bis nichts mehr da gewesen wäre und dann?"

„Aber was sollen wir dann machen?"

„Wir ziehen in eine große Stadt, um in einer Fabrik zu arbeiten."

Jetzt erst fiel Isabel wieder ein, dass sie ja vor Vaters Tod darüber gesprochen haben. „Und warum hast du dann nicht unsere Hütte und unser Land verkauft?"

„Man weiß ja nie", sagte Edith und wandte sich wieder der Hausarbeit zu.

Nun ist es also sicher, dachte Isabel wir ziehen in eine Stadt um in einer großen Fabrik zu arbeiten."

*

Am darauffolgenden Morgen kam der Kötter des Gutsherrn mit drei Knechten um das Vieh zu holen. Er brachte auch das vereinbarte Geld mit.

Als die Kühe und die Schafe fort waren, wurde es ruhig in der Hütte. Kein Laut von den Kühen, kein Blöken der Schafe. Isabel wurde die Ruhe schon unheimlich.

Traurig ging sie aus der Hütte, stieg auf die große Düne hinter ihrem Garten und schaute auf das Meer hinaus. Bald würde sie dies nicht mehr können.

Eigentlich war sie ja sehr gespannt auf die große Stadt, in der es bestimmt interessante Dinge zu sehen gab.

Am Nachmittag segelte dann Herr Waikes mit seiner kleinen Jolle zu den van Haags. Er hatte seinen Lehrling mitgebracht. Sie machten ein Schlepptau an Johns Boot fest und segelten dann nach Söredom zurück.

Nun wirkte das Haus für Isabel vollkommen leer. Es gab nichts mehr das sie hier halten konnte. Auch sie wollte nun in eine große Stadt um dort zu arbeiten und Geld zu verdienen.

„Weißt du schon wo wir hinfahren?" fragte Isabel ihre Mutter.

„Ja ich habe von Herrn Brockmann ein Werbeplakat bekommen." Sie las das Papier.

Ravensberger Spinnerei
sucht Arbeitskräfte

In unserer modernen, fortschrittlichen Fabrik werden ab sofort Arbeiter und Arbeiterinnen eingestellt.

Wir bieten guten Lohn, betriebseigene Wohnungen und eine gute Altersversorgung.

Kommen Sie zur Ravensberger Spinnerei nach Bielefeld

Die Reise

Das Frühjahr kam. Isabels Mutter hatte sich dazu entschlossen den Winter in Söredom zu verbringen. Da ihr eine derart lange Fahrt ohnehin nicht ungefährlich schien, wollte sie nicht in der kalten Jahreszeit reisen.

Mutter und Tochter hatten die letzten Tage schwer geschuftet. Alles was sie zu benötigen schienen war auf den Wagen geladen worden. Die Fenster waren zugenagelt und die Tür verschlossen. Verschlafen setzte sich Isabel auf den Wagen. Nachdem Edith noch einmal um die Hütte gegangen war, setzte sie sich zu ihrer Tochter und gab dem Pferd die Zügel. Den ganzen Morgen fuhren Mutter und Tochter über weite Wiesen und Felder, ohne ein Wort miteinander zu sprechen. Gegen Abend kamen sie an ein Wäldchen. Die Beiden beschlossen dort ihr Nachtlager aufzuschlagen. Während Isabel etwas Brennholz sammelte holte Edith Dörrfleisch und Brot aus dem Wagen.

Obwohl sie an diesem Tag nur wenige Kilometer nach Süden gekommen waren hatte sich das Land verändert. Der Wald wuchs aus Buchen und Fichten. Man konnte das Rauschen des Meeres nicht mehr hören, und der Boden hier war sehr lehmig. In Söredom war überall Sand. Gedankenversunken schaute Isabel in den Himmel, während ihre Mutter das Feuer entfachte. Was würde in den nächsten Wochen und Monaten auf sie zukommen. Vielleicht würde es doch nicht so schlecht werden in der Stadt. Zumindest würde es spannend werden. Aber nein, dachte Isabel ich werde immer Heimweh nach Söredom haben. Sie setzte sich zu ihrer Mutter an das Feuer und aß etwas Dörrfisch mit Brot. Von den nahegelegenen Wiesen kroch Nebel herüber zum Waldrand, wo Isabel hockte. Drohend dehnte er sich aus und bahnte sich seinen Weg bis zu Isabel. Ihr fröstelte. Nach wenigen Minuten stand Isabel auf, ging zum Wagen herüber und holte sich eine dicke Decke um sich neben das Feuer schlafen zu legen.

Als Isabel am nächsten Morgen erwachte, schlief ihre Mutter noch. Müde schaute sie zu den Wiesen herüber auf denen noch, wie gestern Abend, der Nebel lag. Keine hundert Meter von ihr entfernt standen einige Rehe und grasten friedlich. Der Wind wehte leicht aus ihrer Richtung, deshalb nahmen sie keine Witterung auf. Der Nebel begann sich allmählich zu verflüchtigen. Langsam stand Isabel auf. Ihr schmerzten sämtliche Glieder. Sie war es nicht gewohnt in freier Natur auf der Erde zu schlafen. Sie sehnte sich nach ihrer Dachkammer in der sie aufgewachsen war, in der sie nachts in Daunen gehüllt mit dem Rauschen des Meeres und dem Säuseln des Windes in tiefen Schlaf versank.

Das Feuer glimmte noch leicht. Isabel legte etwas Holz nach, in der Hoffnung es würde wieder zu brennen beginnen. Auf den Wiesen lag Rauhreif. Vielleicht hätten wir noch einen Monat warten sollen, dachte sie, dann hätten wir es etwas wärmer gehabt als jetzt im März.

Langsam kam das Feuer wieder in Gang. Isabel holte einen kleinen Kupferkessel aus dem Wagen um Tee zu kochen. Ein par Meter weiter stand ihr Pferd. Man konnte an diesem kühlen Morgen den Atem des

Pferdes aus seinen Nüstern austreten sehen. Nun erwachte auch ihre Mutter.

„Oh Gott", stöhnte Edith, „das habe ich in Söredom noch nie erlebt, dass du vor mir wach bist."

„Die Zeiten ändern sich eben. Möchtest du etwas Tee?"

„Ja, danke Isabel der wird mir nach so einer kalten Nacht bestimmt gut tun."

Der Nebel hatte sich nun fast verzogen und gab den Blick auf eine flache Landschaft frei. Wiesen so weit man schauen konnte, und mittendrin ragten wie Inseln, kleine Wäldchen heraus. Schade, dachte Isabel, dass ich nicht im Sommer hier sein kann, es sieht bestimmt hübsch aus wenn die Bäume im dichten Grün stehen. Edith ging zum Wagen und holte Brot.

„Iß auch etwas Isabel die Fahrt wird anstrengend."

„Nein danke. Ich habe keinen Hunger."

„Nanu das habe ich ja noch nie bei dir erlebt."

„Ich weiß auch nicht."

„Hast du etwa schon Heimweh."

„Irgendwie ist hier alles anders Mutter. Wo sind eigentlich die Möwen. Ihr Kreischen war sonst allgegenwärtig, und obwohl wir erst wenige Kilometer im Landesinneren sind, sehe ich keine einzige mehr."

Isabels Mutter rang sich ein Lächeln ab. „Möwen leben nur am Meer, darum sagt man ja auch Seevögel zu ihnen."

„Ich dachte..."

„Ach Isabel du mußt noch viel lernen."

Das aufkommen der Sonne vertrieb den restlichen Nebel. Edith löschte das Feuer mit Erde und packte die Decken und das Brot zusammen mit dem Kupferkessel

29

in den Wagen. Isabel zog sich auf den Wagen. Als sie saß merkte sie erst wie sehr ihr der Rücken schmerzte. Die Reise fuhr ihr ganz schön tief in die Glieder.

„Was meinst du wie lange wir für die Reise brauchen werden."

„Ich denke an drei bis vier Wochen."

„So lange?"

„Ja, warum Isabel?"

„Mir tut heute schon alles weh."

„Daran wirst du dich gewöhnen müssen."

„Ja, mir wird wohl nichts anderes übrig bleiben."

Sie fuhren weiter. Schweigend saß Isabel neben ihrer Mutter. Die Wege waren um diese Jahreszeit noch voller Pfützen. Oft war es schwierig durch den kniehohen Matsch zu fahren. Das Pferd mühte sich ab so gut es ging, aber trotz dem blieb der Wagen hin und wieder im Schlamm stecken. Edith und Isabel mussten dann aussteigen um den Wagen zu schieben, da Gunde es allein nicht mehr schaffte.

Gegen Abend kamen sie in ein kleines Bauerndorf. Es sah dort sehr schmutzig aus. Die Häuser schienen seit Jahrzehnten nicht mehr in frischem Weiß getüncht worden zu sein. Kleine Kinder standen in Lumpen im knöcheltiefen Schlamm und schauten Edith und Isabel mit großen Augen an. Edith hielt den Wagen an und ging zu einer alten Frau, die an einem Brunnen stand und ein Kleid in einem Holzbottich wusch.

„Können sie mir sagen wo es hier ein Wirtshaus gibt."

„Die Straße weiter auf der linken Seite. Etwas außerhalb." antwortete die Alte ohne aufzuschauen. Isabel schaute ihre Mutter an. Irgendwie wirkte dieses Dorf abstoßend auf sie. Die Leute hier schienen verarmt zu sein, und es stank unangenehm nach Fäkalien. Edith und Isabel fuhren weiter. Am Ende der Straße konnten sie schon das Wirtshaus erkennen. Es stand tatsächlich etwas abseits vom Dorf. Edith und Isabel gingen hinein. Sie betraten einen goßen düsteren Schankraum. Hinter dem Tresen stand ein alter, bärtiger Mann.

„Guten Tag", brummte er. „was kann ich für euch tun."

„Ich und meine Tochter brauchen für die Nacht ein Zimmer."

„Kostet einen Taler und zwei Groschen die Nacht."

Edith holte das Geld aus einem ledernen Beutel und legte es auf den Tresen.

„Können wir den Wagen irgendwo unterstellen und unser Pferd versorgen?"

„Hinten im Stall ist Platz für euer Pferd und eueren Wagen. Die Zimmer sind eine Etage höher." Dabei zeigte er auf eine alte Treppe die neben dem Tresen nach oben führte.

Mutter und Tochter gingen wieder hinaus und führten Gunde in den Stall, wo die Beiden das Tier mit Stroh abrieben. Das Pferd schien völlig erschöpft zu sein.

„Gunde wird sich ganz schön abrackern müssen für die Fahrt", sagte Isabel

„Ich weiß auch nicht ob sie das durchsteht."

„Aber was können wir denn für sie tun?"

„Vielleicht müssen wir sie auf der Fahrt irgendwo zurücklassen."

„Wie?"

„Wir müssen sie verkaufen und uns ein anderes Pferd zulegen."

„Aber.....aber....", stotterte Isabel Aber Edith ging schon zum Wirtshaus zurück. Isabel folgte ihr traurig.

Sie gingen die Treppe hinauf in ihr Zimmer. Es roch muffig. Edith öffnete das Fenster und schaute hinaus. Man konnte den Garten und die Straße sehen auf der ein Schafhirte seine Herde Heim trieb. Im Hintergrund erkannte Edith eine Weide auf der einige Kühe friedlich grasten. Es begann schon dunkel zu werden. Der Nebel legte sich allmählich auf die Wiesen und Felder. Er kroch hervor als hätte er sich am Morgen in den Löchern und Gräben der Weiden und Äcker versteckt um nur darauf zu lauern, dass es Abend wird. In dem Raum in dem sie sich befanden standen zwei Betten, ein Stuhl und ein Schränkchen mit einer Waschschüssel darauf. Mutter und Tochter zogen ihre Jacken aus und gingen wieder hinunter in die Wirtsstube. Dort bestellten sie sich Brot mit einer Suppe. Edith trank ein Glas Dünnbier dazu. In einer Ecke des Raums saßen noch drei Gäste. Es war ein älteres Ehepaar das erschöpft aussah. Sie unterhielten sich angestrengt und schauten hin und wieder zu Edith und Isabel herüber. Bei ihnen saß ein jüngerer Mann. Der ältere Herr stand nach einer Weile auf und kam zu den beiden Frauen herüber.

„Guten Tag," sagte er höflich „mein Name ist Hans Bolern, wir haben sie eben ankommen sehen. Wollen sie auch in eine große Stadt reisen um dort in einer Fabrik zu arbeiten?"

„Ich und meine Tochter wollen nach Bielefeld um dort in der Ravensberger Spinnerei zu arbeiten." antwortete Edith höflich.

„Das ist aber ein Zufall, dorthin wollen wir auch." Fuhr es aus ihr heraus.

„Wir kommen aus Söredom, und ihr?"

„Aus Wilhelmshaven, wir haben dort Krabben gefischt."

„Mein Mann war auch Krabbenfischer, aber das Schicksal hat es nicht gut mit uns gemeint. Er starb vergangenen Herbst bei einem Sturm."

„Das tut mir leid", sagte der Mann, „wir Krabbenfischer haben es eben nicht leicht."

„Warum wollt ihr in eine andere Stadt um in einer Fabrik zu arbeiten."

„Die Preise für Krabben und Beifänge sind derart gefallen, dass ich mit dem Geld das ich dafür bekommen habe nicht mal alle Rechnungen begleichen konnte."

„Ja, das selbe Problem hatten wir auch."

„Kommen sie doch an unseren Tisch, ich stelle ihnen den Rest der Familie vor."

Dankend nahmen Edith und Isabel die Einladung an. Sie unterhielten sich den ganzen Abend. Dabei erfuhren sie, dass Herr Bolern und seine Frau seit neunundzwanzig Jahren verheiratet waren. Herr Bolern war wie John van Haag früher einmal zur See gefahren, und hatte dabei etwas Geld gespart. In Wilhelmshaven lernte er seine Frau Olga kennen. Der damals junge Hans Bolern investierte sein Geld in ein altes Fischerboot, das er selber reparierte und dem er neue Mennige verpaßte. Am Anfang lief es mit der Krabbenfischerei ganz gut, aber dann kamen die selben Probleme wie bei den van Haags. Der junge Mann der mit ihnen reiste war der Neffe von Frau Bolern. Seine

Eltern hatten ihn dem Ehepaar anvertraut, weil sie nicht mehr in der Lage waren ihn zu ernähren. Sein Name war Peter.

Zur vorgerückter Stunde fragte Herr Bolern dann. „Lassen sie uns doch zusammen reisen. Es ist nicht ganz ungefährlich wenn zwei junge Frauen eine so weite Fahrt allein unternehmen."

Edith überlegte eine Weile, dann stimmte sie zu. Wir leben zwar im neunzehnten Jahrhundert, und die Zeit der Straßenräuber, die sich im Wald verstecken und Reisende überfallen war vorbei, aber man konnte ja nie wissen.

Als Edith und Isabel morgens aufwachten, lag draußen noch das fahle, düstere Licht das den Tag ankündigt. Die Beiden standen auf und zogen sich an, dann gingen sie hinunter um etwas zu frühstücken. Die Familie Bolern saß schon da.

„Daran erkennt man die Krabbenfischer, die stehen schon vor der Sonne auf", begrüßte Hans Bolern die Beiden.

„Guten Morgen", sagte Edith.

„Moin", antworteten die Anderen.

Edith und Isabel setzten sich, aßen etwas Hirsebrei und tranken eine Schale Milch dazu. Danach machten sich die Familien daran die Sachen zu packen und die Pferde einzuspannen. Die Familie Bolern hatte einen etwas kleineren Wagen als Edith und Isabel dafür hatte der Wagen eine Plane, unter der man bei Regen Schutz suchen konnte. Gezogen wurde der Wagen von einem stattlichen Kaltblüter.

Nachdem sie sich vom Wirt verabschiedet hatten fuhren sie los. Es hatte die vergangene Nacht geregnet.

Ein Glück, dass wir heute Nacht im Gasthaus geschlafen haben, dachte Isabel. Überall auf dem Weg hatten sich Pfützen gebildet. Die Wagenräder gruben sich tief in den Schlamm ein, so das sie Pferde sich schwer abmühen mußten.

Am meisten mühte sich jedoch Gunde ab, während der Kaltblüter der Familie Bolern eisern durch den Matsch stapfte. Gegen Mittag legten die beiden Familien eine Rast ein. Herr Bolern zog aus seiner Jacke ein Stück Papier. Es war eine alte Landkarte die er bei einem Krämer günstig erstanden hatte. Er zeigte auf einen kleinen Punkt. „Dort waren wir letzte Nacht," sagte er, dann wanderte sein Zeigefinger auf der Karte Richtung Süden, „und dort wollen wir hin ." Der Name der Stadt stand dort in großen Buchstaben. BIELEFELD.

*

Am Abend kamen sie in den Ort Aurich. Wieder suchten sie sich ein Gasthaus, um dort zu übernachten. Die par Taler haben wir auch noch übrig, dachte Edith, und immer noch besser als womöglich noch krank zu werden.

ZUM BÄREN hieß das Wirtshaus wo sie die Nacht verbringen wollten. Sie spannten die Wagen aus und rieben die Pferde ab. Isabel merkte das Gunde leicht zitterte. Sie atmete schwer. Den Hafer den Edith ihr in den Trog schüttete beachtete sie gar nicht. „Was ist nur mit Gunde los", fragte Isabel ihre Mutter.

„Ich glaube die Reise ist zu viel für sie."

„Und nun?"

„Schaun wir erst einmal wie es ihr morgen geht."

Können wir nicht mehr für sie tun?"

„Nein Isabel."

Dann gingen Mutter und Tochter in den Gasthof um zu essen. An der Theke standen vier bärtige Kerle. Sie waren dreckig, auf dem Kopf trugen sie speckige Mützen. Ihre Füße steckten in klobigen Holzpantoffeln. Knechte, Tagelöhner, Gelegenheitsarbeiter die nichts mehr vom Leben zu erwarten hatten und in diesem Wirtshaus ihren kläglichen Lohn versoffen.

„Zwei so hübsche Frauen, ganz allein", lallte der kleinste von den vieren. Alle grölten.

„Hannes, lass meine Gäste in Ruhe", sprach der Wirt mit eiserner Stimme. Er war klein, aber er hatte sehr kräftige Schultern. Seine Glatze unterstrich seine muskulöse Figur noch.

„Halts Maul und gib mir noch ein Bier."

„Nein Hannes, es reicht für heute. Komm morgen wieder."

Der Bärtige schaute wütend, dann schleuderte er seinen Krug in Richtung Wirt. Der konnte sich gerade noch rechtzeitig ducken, und der Krug zerbarst über dem Wirt an der Wand.

Als er wieder hinter der Theke hervorkam hatte er einen Knüppel in der Hand. Ein gezielter Schlag, das Holz donnerte mit einem dumpfen Laut gegen den Schädel des Tagelöhners, der daraufhin wie vom Blitz getroffen, nach hinten wegkippte und hart auf dem Boden aufschlug. Aus einer Platzwunde auf seiner Stirn sickerte Blut, das lautlos auf den Holzboden tropfte. Flink kam der Wirt hinter dem Tresen hervor, packte den Tagelöhner am Kragen und zerrte ihn vor die Tür, wo er ihn die Treppe hinunter stieß.

„So geht es jedem der hier randaliert", sagte er zu den Anderen, die immer noch verdutzt dreinschauten.

Edith und Isabel starrten sich erschrocken an. In diesem Ort schien es brutal zuzugehen. Nach einer Weile kehrte jedoch wieder Ruhe ein. Schweigend standen die Tagelöhner jetzt an der Theke und tranken ihr Bier. Mutter und Tochter hatten nun an einem Tisch, weitab von der Theke, Platz genommen. Die Bolerns waren noch oben in ihren Zimmern. Der Wirt kam jetzt zu den Beiden herüber.

„Entschuldigen sie bitte den Zwischenfall von eben, aber wir haben hier einige rauhe Burschen. Die haben nichts besseres zu tun als sich jeden Abend zu besaufen. Was kann ich ihnen denn bringen."

„Brot, Käse, Speck und ein Krug Dünnbier ."

„Und eine Schale Milch, bitte", fügte Isabel hinzu.

„Jawoll die Damen, kommt sofort."

Nun kam auch Herr Bolern und seine Frau.

„Peter versorgt nur noch das Pferd", sagte Herr Bolern, und dann zum Wirt. „Drei Krüge Dünnbier, Brot, Käse und Schinken."

„Jawoll der Herr."

„Rosi," rief er in das Hinterzimmer, das direkt hinter der Theke war, „leg noch mal für drei Personen nach."

Der Wirt kam an den Tisch und brachte die Krüge mit dem Bier. Dann kam auch seine Frau aus dem Hinterzimmer. Sie war genauso klein wie er und von rundlicher Statur. Ihr langes, braunes Haar war zu einem Zopf geflochten, der ihr fast bis in die Kniekehlen reichte. Sie lächelte freundlich und trug ein großes Tablett mit den bestellten Speisen und einem Krug Milch.

„Guten Appetit", sagte sie höflich, nachdem sie das Essen auf den Tisch gestellt hatte. Dann verschwand sie wieder im Hinterzimmer.

Edith, Isabel und die Bolerns speisten genüßlich. Danach blieben sie noch sitzen und unterhielten sich über ihre Zukunft, über ihre Erwartungen und über ihre Ängste.

Plötzlich stieß jemand die Tür mit einem heftigen Knall auf. In der Tür stand der Tagelöhner, den der Wirt vor ungefähr zwei Stunden hinausgeschmissen hatte. Schwankend stand er da. Das Blut aus seiner Wunde war ihm über das Gesicht gelaufen und war verschmiert. Es begann schon zu trocknen.

„So du Mistkerl", brüllte er in den Raum," jetzt kannst du was erleben."

Der Wirt kam schon mit dem Knüppel hinter der Theke hervor, da zog der Tagelöhner eine kurzläufige Flinte unter seinem Mantel hervor. Der Wirt blieb stehen, so als wäre er mitten in seiner Bewegung zu Stein erstarrt. Hannes legte an. Von der Theke sprang ein Tagelöhner auf, stellte sich vor Hannes und schrie.

„Mensch lass den Mist."

Aber Hannes alkoholbenebelter Verstand bekam dies nicht mehr mit. Er drückte schon ab. Der Schuß traf den Tagelöhner mitten in die Brust und schleuderte ihn zurück gegen die Theke.

Edith und Isabel hatten sich derweil unter einen benachbarten Tisch geflüchtet, und beobachteten das Geschehen aus dieser Position.

Es wurde still, Hannes schaute sich um. Als er seinen Kameraden in einer Blutlache vor der Theke liegen sah, ließ er die Flinte fallen, machte auf dem Absatz kehrt und rannte zur Tür hinaus in die Dunkelheit. Der Wirt stand noch immer wie erstarrt an seiner Stelle. Edith eilte zu dem Verwundeten herüber. Er atmete flach und starrte zur Decke. Als Edith sich über ihn beugte stammelte er.

„D...d...dieser Idiot." Dann qoll Blut aus seinem Mund. Sein Kopf viel zur Seite. Er war tot.

Es vergingen einige Sekunden bis die Anwesenden sich von dem Schreck erholt hatten. „Schnell, es muss jemand den Kommissar holen", rief der Wirt. Der Tagelöhner der noch an der Theke saß nickte nur und rannte hinaus.

*

„Wie ist ihr Name?"

„Edith van Haag, geborene Janssen."

„Woher kommen sie?"

„Aus Söredom."

„Wo wollen sie hin?"

„Ich will mit meiner Tochter nach Bielefeld um dort zu arbeiten."

Der Dorfpolizist kritzelte alles auf seinen Block. Er war wohl um die vierzig. Sein Haar begann schon grau zu werden. Er hatte eine stattliche Figur. Die Rundungen unter seinem Hemd verrieten, dass er muskulös gebaut war. Die Leiche war inzwischen abgedeckt.

Nachdem der Kommissar auch die Anderen   nach ihren Namen gefragt hatte, wandte er sich an die Anwesenden.

„Weiß jemand wie der Täter heißt."

„Hannes Strunkmann", antwortete der Wirt," zuletzt hat er auf dem Gut Meyer als Knecht gearbeitet."

Draußen wurde es laut. Der Kommissar hatte nach anderen Polizisten aus den Nachbardörfern geschickt, die nun eintrafen. Fünf bewaffnete Männer betraten den Raum. Der Kommissar teilte ihnen mit wo sie mit der Suche beginnen sollten. Die Männer nickten nur und gingen wieder hinaus. Der Kommissar folgte ihnen. In der Tür drehte er sich noch einmal um und sagte.

„Ich wünsche, dass keiner der Anwesenden das Dorf verlässt, bevor die Sache nicht aufgeklärt ist, und lassen sie die Leiche vom Totengräber abholen."

„Und wer soll das bezahlen?", rief der Wirt, aber der Polizist war schon fort. Es war Isabel die nun zu sprechen begann.

„Wenn ich etwas sagen darf..." Alle schauten sie an.

„Der Mann hat doch nur versucht uns zu beschützen, und ein Unglück zu verhindern, oder...? Er ist doch gestorben weil er uns helfen wollte...Ich meine wenn wir alle einen halben Taler..." Isabel legte eine Pause ein „...dann bekommt er ein ordentliches Begräbnis."

„Die kleine hat Recht," rief Herr Bolern," das sind wir ihm schuldig." Und legte gleich einen Taler und einen halben auf den Tresen. „Für mich, meine Frau und Peter."

Auch Edith legte einen Taler dazu. Der Wirt und die anderen Tagelöhner schlossen sich an.

Am darauffolgenden Tag standen Edith und Isabel etwas später auf. Da der Kommissar angeordnet hatte, dass keiner der Anwesenden das Dorf verlassen durfte, mussten die Beiden wohl oder übel im Gasthaus bleiben.

Als Isabel in den Schankraum hinunterging wunderte sie sich über die Anzahl der Gäste. Sie steuerte gleich auf den Tisch zu an dem Herr Bolern mit seiner Familie saß.

„Was ist denn hier heute Morgen los", fragte Isabel

„Der Mord hat sich herumgesprochen, und nun kommen die Leute aus dem Dorf, um mehr darüber zu erfahren."

„Aha", antwortete Isabel eher beiläufig und schaute sich um, dann ging sie in den Stall, um nach Gunde zu schauen. Es ging ihr schon besser als am Vorabend, aber sie wirkte immer noch erschöpft. Isabel holte ihr ein wenig Wasser und Hafer. Wie gut, dass wir noch eine Weile bleiben müssen, dachte sie, dann kann Gunde sich noch etwas für die Weiterfahrt erholen.

Von draußen hörte sie die Stimme ihrer Mutter. „Ach hier bist du." Edith stand in der Tür. „Na wie geht es Gunde?"

„Schon besser."

„Das ist schön, aber jetzt mußt du kommen, der Kommissar ist wieder da, und verhört noch einmal alle Zeugen."

Der Kommissar hatte sich im Hinterzimmer des Schankraums an einem Tisch niedergelassen. Als Isabel den Raum betrat konnte sie gleich erkennen, dass der Beamte sehr geschafft war. Die Augen waren gerötet, seine Bewegungen langsam. Er war wohl die ganze Nacht hindurchgeritten, um den Täter zu fassen.

„Guten Morgen, ihren Namen bitte", fragte der Kommissar höflich.

„Isabel van Haag."

„Aha. Mein Name ist Kommissar Korten, ich bin der Polizist hier im Dorf, und für diesen Fall zuständig." Er schien wirklich höflicher als gestern Abend. „Sie wissen warum sie hier sind?"

„Sie wollen mich verhören", antwortete Isabel.

„Naja, ich verhöre eher Verbrecher. Von ihnen möchte ich nur eine Zeugenaussage." Dann ließ er sich den Ablauf des Vorabends noch einmal schildern.

„Und Fräulein van Haag, konnten sie erkennen in welche Richtung der Täter geflohen ist."

„Nein ich habe nur gesehen, dass er zur Tür hinausstürmte."

„Danke, das wars. Sie können gehen."

„Darf ich mit meiner Mutter morgen weiterfahren?"

„Nein ich brauche sie noch, falls es eine Gegenüberstellung gibt."

Wer weiß wann wir weiterfahren können, dachte Isabel, dann ging sie hinaus in den Schankraum. Ihre Mutter erwartete sie schon.

„Und was hat er dich gefragt?"

„Wir haben über die Ereignisse gestern Nacht gesprochen, außerdem habe ich ihn gefragt ob wir weiterfahren dürfen."

„Und."

„Wir müssen immer noch hier bleiben, falls es eine Gegenüberstellung gibt."

„Dann wollen wir hoffen, dass sie den Tagelöhner schnell fassen."

Edith und Isabel setzten sich an einen Tisch und bestellten etwas zu essen. Danach entschlossen sie sich einen Spaziergang zu machen.

Sie gingen über Feldwege und Wiesen. Spazierten durch einen Wald und schauten sich dann das Dorf an. In der Dorfmitte stand eine Kirche, davor ein Marktplatz. Gegenüber der Kirche stand ein großes Fachwerkhaus. Es schien das Rathaus zu sein. Edith und Isabel nahmen die Gelegenheit war um in der Kirche zu beten, danach gingen sie wieder zurück zum Gasthof.

Von weitem schon konnten sie erkennen, dass ihnen eine Horde von Reitern entgegenkam. Zwischen den Pferden rannten Hunde herum und kläfften laut.

In der Mitte ging Hannes. Sie hatten ihm die Hände auf den Rücken gefesselt, und ihm einen Strick um den Hals gelegt. Das andere Ende des Seils hatten sie an das Pferd gebunden, das samt dem Kommissar vorneweg trabte. Nun haben sie ihn doch gefasst, dachte Edith, und wir können weiterfahren.

Gegen abend kam der Kommissar noch einmal in das Gasthaus und teilte den Bolerns, Edith und Isabel mit, dass sie nun weiterfahren können, da der gefasste Täter geständig sei, und die Anwesenheit der Zeugen nun nicht mehr erforderlich sei. Edith und Isabel begannen noch am selben Abend mit den Vorbereitungen für die Weiterfahrt.

Die beiden Familien standen früh auf. Es nieselte ein wenig. Die Wege waren schlammig. Es war kalt, ein richtig ungemütliches Wetter. Sie luden zügig ihre

Sachen auf die Wagen, bezahlten den Wirt, und spannten die Pferde ein. Dann ging es los. Edith und Isabel hatten sich Ölmäntel angezogen, um sich vor dem Regen zu schützen. Die Bolerns hatten es da schon besser. Nur derjenige der gerade auf dem Bock saß und die Pferde lenkte hatte das Pech naß zu werden. Die anderen Familienangehörigen konnten sich derweil im Wagen, unter der Plane verkriechen.

Isabel fröstelte. Stumm betrachtete sie die Landschaft und den mit Regenwolken verhangenen Himmel. Das Wetter machte sie irgendwie melancholisch.

Wie schön wäre es, wenn ich jetzt mit meiner Mutter vor dem Kamin in unserer Fischerhütte sitzen könnte, und mich sorglos unterhalten könnte, dachte sie. Warum musste das alles so kommen. Warum musste Vater sterben.

Die Ankunft

Der Rest der Reise verlief ohne Zwischenfälle. Nach vierundzwanzig Tagen waren sie in Melle angekommen. Hier wollten sie noch einmal in einem Gasthof übernachten. Einen Tagesmarsch sei Bielefeld noch von hier entfernt, sagte der Wirt der Herberge, in der sie die Nacht verbringen wollten. Er erklärte ihnen auch genau den Weg.

„Morgen werden wir also ankommen." verkündete Herr Bolern mit Stolz.

„Das wurde auch Zeit. Ich habe nicht damit gerechnet, dass wir so lange brauchen", sagte Edith.

„Naja, jetzt haben wir es ja geschafft." Er schmunzelte. Wie oft hatte er auf Edith und Isabel gewartet, weil Gunde einfach nicht mehr mit dem Kaltblüter der Bolerns Schritt halten konnte. Aber die Bolerns waren keineswegs verärgert über Edith und Isabel oder hätten diese gar als Last empfunden. Nein, sie waren eher froh darüber nicht allein reisen zu müssen. Es war Freitag der achte April 1858.

Die Stadt Melle war sehr schön. Auf einem Berg, konnte man eine Burg erkennen. Sie gehörte dem Grafen Finkenstein der dort mit seiner Familie lebte. Ihm gehörten die meisten Wälder rund um Melle.

Die beiden Familien unternahmen einen Spaziergang. Sie schauten sich eine alte Kirche an, und unterhielten sich mit einigen Leuten. Für Isabel war es etwas problematisch die Leute hier zu verstehen. Für sie war das ein eigentümlicher Dialekt. Fast schon eine Fremdsprache. Sie erfuhren, dass in Bielefeld alle

Gasthöfe überfüllt seien. Außerdem wären sie teuer und schmutzig.

Die Arbeiter und Arbeiterinnen könnten sich Wochentags in der Zeit zwischen acht und zwölf Uhr vorstellen. Der Lohn sei kärglich und die Wohnmöglichkeiten begrenzt.

Gegen Abend trafen sie einen alten Schreinermeister. Er berichtete ihnen, dass sein Sohn im vergangenen Jahr einmal nach Bielefeld gezogen sei um dort zu arbeiten, kurz nach dem der Betrieb angelaufen war. Er sei jedoch nach einem Monat wieder heimgekehrt, da ihm die Verhältnisse dort doch zu katastrophal waren. Seit es die Ravensberger Spinnerei gab, ginge es den Menschen in der Region jedoch zunehmends besser, vor allem den ganz armen Heuerlingen und den Handwerkern. Edith zog das Blatt Papier aus der Tasche, das sie von Herrn Brockmann erhalten hatten.

„Lesen sie nur was hier steht. Guter Lohn, Wohnungen, Altersversorgung."

Der Schreinermeister aber lachte nur.

„Das haben viele geglaubt. Bis aus Schlesien hat man die Arbeiterfamilien geholt, und hier wurden sie vor vollendete Tatsachen gestellt."

Den beiden Familien von der Nordsee schwante Böses. Offenbar war es überhaupt nicht so gut in dieser Fabrik arbeiten zu müssen, aber nun waren sie schon mal hier, und umkehren konnte man nicht. Also blieb allen Anschein nach nur die Möglichkeit weiterzuziehen. Man setzte sich in einen Gasthof um sich zu beraten.

„Da sind wir ja in einen ganz schönen Schlamassel hineingeraten", begann Herr Bolern.

„Wir haben es doch noch nicht selber gesehen. Vielleicht ist es gar nicht so schlimm", meinte Edith.

„Ich wollte ja nicht von der Nordsee weg, aber Mutter...", sagte Isabel schon fast wütend. Edith schaute ihre Tochter erschrocken an. Einen Augenblick wusste sie nicht ob sie ihrer Tochter böse sein soll, oder ob sie zugeben soll, dass sie einen Fehler gemacht hatte. Dann überwog in ihr aber die Traurigkeit. Sie war Schuld an dieser Misere und sie hatte ihre Tochter mit hinein gezogen. Über ihre Wange rollte eine dicke Träne. In diesem Augenblick tat Edith ihrer Tochter leid. Sie stand auf und nahm ihre Mutter in den Arm, und Beide begannen zu weinen. Herr Bolern, seine Frau und Peter schauten betroffen.

„Nun bleibt mal ruhig. Das kommt bestimmt wieder alles ins Lot", meinte Herr Bolern ruhig, mit väterlicher Stimme.

„Man muß aus jeder Situation das Beste machen", meinte Peter, der sich bis dahin ruhig verhalten hatte.

„Genau," sagte Frau Bolern, „Jammern hilft nun auch nicht."

Und so beschloss man an diesem Abend, erst einmal nach Bielefeld zu fahren um sich die Verhältnisse dort genauer anzuschauen. Allerdings wollte man nicht Samstag reisen, sondern erst Sonntag. Einen Tag wollten sie noch in Melle bleiben, da die Information, die Gasthäuser seien überfüllt, zu stimmen schien. Die Familien saßen noch lange im Gasthof. Herr Bolern begann lustig zu werden, denn er hatte an diesem Abend zu viele Schnäpse, und zu viel Bier getrunken.

Er scheint auch nicht so sorglos zu sein wie er tut, dachte Isabel, wahrscheinlich versucht er gerade sein Problem mit Branntwein zu bekämpfen.

Am nächsten Morgen wurde ausgeschlafen. Als letzter stand Herr Bolern auf. Er hatte gerötete Augen, und stöhnte nur in einem vor sich hin. Offenbar hatte er starke Kopfschmerzen. Ihm bekam der Branntwein von letzter Nacht nicht so recht. Nach dem Frühstück wollten die Familien sich die Stadt anschauen. Herr Bolern ging wieder in sein Zimmer und legte sich hin. Es war ein schöner Tag. Der Himmel war blau, kein Lüftchen bewegte sich und die Sonne erwärmte die Luft. Isabel genoß die ersten warmen Tage des Jahres. Nach der unbequemen, nasskalten Reise tat ihr das schöne Wetter gut. Die ersten grünen Blätter zeigten sich auf den Bäumen. Die Vögel zwitscherten wild durcheinander. Isabel war ausgelassen. Sie beobachtete ein Amselmännchen, dass gerade ein Nest baute. Dann wanderte sie durch einen Wald, bis zu einer Lichtung. Dort legte sie sich auf das dunkelgrüne Moos, das dort wuchs und schaute in den Himmel. Sie träumte von ihrer Heimat, der Nordsee, von den Möwen, von Söredom. Sie war todunglücklich darüber, dass sie diesen schönen Ort verlassen mußte. Sie ahnte, dass sie nie wieder so glücklich werden würde wie in Söredom. Isabel richtete sich wieder auf. Tränen standen ihr in den Augen. Über die Lichtung hoppelte ein Hase. Isabel beobachtete wie er Männchen machte, und über die Lichtung schaute. Dann lief er wieder zurück in das Dickicht. Die Sonne brachte den Waldboden dazu seine Feuchtigkeit verdunsten zu lassen, so dass sich über dem Gras und dem Moos eine kleine

Nebelschicht bildete, die dem Wetter eine, für diese Jahreszeit ungewöhnliche Schwüle verlieh. In Söredom wehte fast immer eine leichte Briese, dachte Isabel. Sie stand auf und ging wieder hinunter zur Stadt, in der sie auf ihre Mutter und die Bolerns traf.

„Na wo warst du denn Isabel", fragte Edith.

„Ich bin ein wenig durch den Wald gewandert", antwortete Isabel wahrheitsgemäß.

„So so," sagte Frau Bolern," und wie war es."

„Es war schön, mal allein zu sein."

„Du hast doch nicht etwa Heimweh?"

„Nur ein wenig?"

„Das geht vorüber."

Dann wanderten sie durch die Stadt zu einem kleinen Dorf mit dem Namen Buer. In dem Dorf stand eine wunderschöne Kirche. Sie stand in der Mitte des rechteckig um die Kirche gebauten Dorfes und ihr kupferbeschlagenes Dach überragte alle Häuser. Das Dorf war auf einen Hügel gebaut, und man gelangte nur durch einen Torbogen in das Innere. Die Kirche schien erst vor kurzem erbaut worden zu sein, obwohl die Kirchenfestung viel älter schien. Auf einer Gedenktafel an der Kirche konnten sie lesen, dass die erst in diesem Jahr fertiggestellt wurde, und dass an diesem Ort bis vor kurzem eine kleinere Kirche aus dem Jahr 1109 gestanden hat, die aber 1852 abgerissen worden war, da sie zu klein für die Gemeinde wurde, und so der neuen Kirche weichen mußte.

Die meisten Dorfbewohner waren Spinner, Weber, Kaufleute, ein Apotheker und ein Postmeister. Sie waren arm und hatten kaum genug zum leben. Mit einem alten Heuerling kamen sie ins Gespräch.

„Ja, Ja. Damals da ging es uns noch gut. Da war die Arbeit noch richtig was wert. Da habe ich mit meiner Familie gut die Pacht für unser Land durch das Spinnen verdienen können", erzählte der Heuerling.

„Habt ihr denn kein eigenes Land gehabt?" fragte Isabel

„Nein, wir haben bei einem der großen Meyer gearbeitet, und von ihnen dann ein Stück Land gepachtet, wo wir dann unsere Hütten bauen konnten. Auf dem gepachteten Feld haben wir Flachs angebaut, das unsere Kinder dann gesponnen haben."

„Und warum wurde das Leben dann so hart für euch."

„In England erfand man eine Maschine die sechzehn Spindeln auf einmal bespuhlte, dagegen kann man nicht von Hand anspinnen. Ihr könnt euch vorstellen wie billig das Zeug aus England gekommen war."

„Und ihr werdet eueren gesponnenen Flachs nicht mehr los?"

„Doch, verkaufen können wir ihn schon, aber die Bielefelder Kaufleute bieten uns nur einen lächerlichen Preis, aber wir müssen ja verkaufen, denn was sollen wir denn machen."

„Aber da muß ja das Leinen wesentlich billiger geworden sein", überlegte Isabel.

„Quatsch. Der Preis für gutes Bielefelder Leinen ist nach wie vor hoch, und die Kaufleute verdienten sich dabei eine goldene Nase."

„Gab es denn keinen Austand unter den Einheimischen?" viel Edith ihm ins Wort.

„Nein. Wenn man so ausgelaugt und hungrig ist kommt man nicht mehr auf die Idee zu meutern. Das letzte mal als hier in der Nähe etwas derartiges geschah, war ich dabei. Das war 1848 als die Köln - Mindener Eisenbahn gebaut wurde. Da standen wir Arbeiter auf und streikten. Da gab es noch einen Kampf, aber der wurde vom Militär niedergeschlagen."

„Und was machten die ganzen Heuerlinge und armen Handwerker dann", wollte Isabel interessiert wissen.

„Sie wanderten aus."

„Und wohin"

„Nach Amerika"

„Wie kann man denn eine so teure Überfahrt bezahlen wenn man verarmt ist?" schlussfolgerte Edith sofort richtig. Der Alte lachte.

„Das geht ganz einfach über eine Schiffsagentur. Die Leute verkauften ihr Hab und Gut, und verpflichteten sich für drei Jahre zu einer Zwangsknechtschaft in Amerika. Nach den drei Jahren sind die Leute frei und können ein neues Leben beginnen."

„Wandern die Leute heute nicht mehr aus?"

„Nicht so wie vor einigen Jahren. Die Ravensberger Spinnerei hat viele Leute in Brot und Arbeit gebracht. Deshalb wurde sie ja auch gebaut, damit man dem billigen Garn aus England etwas entgegenzusetzen hatte, und die Leute hier blieben, und nicht auswanderten."

„Wer hat denn die Ravensberger Spinnerei gebaut", wollte Isabel wissen.

„Die Kaufleute von Bielefeld, haben eine Aktiengesellschaft gegründet, und dann die Ravensberger Spinnerei gebaut."

„Was ist eine Aktiengesellschaft." fragte Isabel

„Das ist eine große Fabrik die von vielen Leuten bezahlt wird, und jedem dieser Leute gehört dann ein Stück von dieser Fabrik", antwortete ihre Mutter.

„Meine beiden Söhne arbeiteten auch in der Ravensberger Spinnerei", meinte der Alte „Wenn ihr sie trefft, bestellt ihnen schöne Grüße von ihrem Vater."

Die Bolerns Isabel und Edith versprachen es ihm.

„Wie heißen sie denn?"

„Horst und Eduard Rullkötter."

Auf dem Rückweg gingen sie schweigend nebeneinander her. Isabel betrachtete genau die kleinen Hütten der Heuerlinge, die hin und wieder zu sehen waren. Traurig schaute sie auf die armen Kinder, die zerlumpt und barfuß vor den Hütten standen und sie mit großen Augen anschauten. Denen geht es wirklich sehr schlecht, dachte sie. Ihr viel auf, dass die Hütten nicht mal einen Rauchabzug hatten. Das Feuer wurde einfach auf der Erde in der Mitte des Raums entfacht. In den Hütten musste ein schlimmer Gestank aus Qualm, Schweiß und Flachs herrschen.

Schweigend gingen sie weiter bis zum Gasthaus. Sie verloren kein Wort mehr über die verarmte Landbevölkerung.

*

Am kommenden Morgen standen die Familien früh auf, und machten sich gleich daran ihre Sachen auf den Wagen zu laden, und alles für die Fahrt festzuzurren.

Danach spannten sie die Pferde ein und bezahlten beim Wirt die Zeche. Endlich ging es los, in Richtung Bielefeld. Der Weg war hügelig. Er führte durch Wälder und kleine Dörfer, über Wiesen und Felder. Sie passierten die Grenze vom Königreich Hannover zur Grafschaft Ravensberg, das zu Preußen gehörte. Interessiert schaute Isabel auf die Höfe der Gutsherren und die Häuser der Kötter. Das Fachwerk das diese Häuser zusammenhielt faszinierte sie. Im Herzogtum Oldenburg, wo sie her kam, baute man die Häuser aus rotem Ziegelstein. Außerdem waren sie nicht so hoch, sondern eher flach gehalten. Die Scheunen wurden an die Höfe angebaut. Sie waren praktisch unter einem Dach mit dem Hauptgebäude. Hier, im Ravensberger Land, baute man die Scheunen etwas entfernt von dem Hauptgebäude.

Am späten Nachmittag kamen sie durch das Dorf Jöllenbeck. Von da an ging es nur noch bergab. Nach ein par Kilometern konnten sie in eine weite Senke hinunterschauen. Unten sahen sie die Stadt Bielefeld. Um die Stadt herum waren Felder auf denen Flachs wuchs, der für das Leinen benötigt wurde. Direkt hinter der Stadt, auf einem Berg stand eine große Burg. Ergriffen hielten die Familien ihre Wagen an, und schauten hinunter. Da lag die langersehnte Stadt. Etwas abseits von der Stadt, in ihrer Richtung gelegen, konnten sie den Bahnhof der Köln - Mindener Eisenbahn erkennen und etwas links dahinter war ein großes Fabrikgebäude zu sehen. Das mußte die Ravensberger Spinnerei sein. Langsam fuhren sie den Hügel hinunter auf die Stadt zu. Unten angekommen hörten sie das Pfeifen eines Zuges der sich der Stadt näherte. Das erste frische Grün sproß aus den Büschen und Bäumen, und auf den umliegenden Feldern und Wiesen. Bienen summten durch die Luft und sammelten den ersten Honig der Weidenkätzchen. Die Vögel zwitscherten wild durcheinander. Es roch nach Frühling, und Isabel freute sich, daß nun die kalte Jahreszeit endgültig vorbei war.

Der Weg kreuzte die Schienen der Bahn. Edith und Herr Bolern stoppten die Wagen. In der Ferne sah man die Lock herandampfen, die schnaufend die letzte Anhöhe vor Bielefeld erklomm. Staunend beobachtete Isabel wie der Zug mit mehreren Personenwagen und Güterwagons an ihnen vorbeirauschte. In den Duft des Frühlings mischte sich der schwefelige Geruch von verbrannter Kohle, den der Zug wie eine große Fahne hinter sich herzog.

Sie überquerten die Eisenschienen, die auf dicke Bohlen genagelt waren und fuhren weiter bis an die Stadtmauer, wo sie über eine Brücke und durch ein Tor in das Innere von Bielefeld, in die Altstadt kamen.

Für Isabel war es das erste mal, dass sie in einer so großen Stadt war. Beinahe dreizehntausend Einwohner gab es hier, wie sie von Herrn Bolern erfahren konnte. Sie fuhren zum Marktplatz und erkundigten sich nach einer Bleibe. Von einem Krämer erfuhren sie, dass der Großbauer Meyer zu Stieghorst noch eine Bleibe zu vermieten hätte. Er beschrieb ihnen auch den Weg dorthin. Edith und Isabel verabschiedeten sich von den Bolerns und fuhren Richtung Osten.

„Hätten wir den Bolerns nicht helfen sollen, bis sie eine Unterkunft haben", meinte Isabel

„Da könnten wir auch nicht behilflich sein, außerdem müssen wir selber zusehen, dass wir eine Bleibe bekommen."

„Aber die Bolerns haben noch keine Bleibe, und sie waren doch immer so hilfreich, ist das nicht ungerecht?"

„Sie werden schon etwas finden, Isabel."

Damit war das Gespräch beendet. Sie fuhren weiter in Richtung des Hofes. Es war schon dunkel als sie ankamen. Der Hof bestand auf der Ostseite aus einem großen Haus für die Knechte und die Heuerlinge. An seiner Südseite war ein langgezogener Unterstand für die Gerätschaften gebaut worden. In der Mitte des Hofes befand sich ein kleiner Park hinter dem ein stattliches Herrenhaus stand. Auf der Westseite befanden sich Spieker und Stallungen. Edith hielt den Wagen an und ging auf einen alten Mann zu, der auf einer Bank vor den Räumen der Knechte saß. Sein schütteres Haar lag wirr im Gesicht. Seine Augen saßen in tiefen Höhlen, die dem Gesicht fast das Aussehen eines Totenkopfes verliehen. Gedankenversunken zog er an seiner Pfeife und blies den Qualm andächtig in die Abendluft.

„Können sie mir sagen wo ich den Verwalter finde?"

„Was wollen sie denn von ihm?"

„Ich habe gehört, dass ich hier eine Bleibe mieten kann."

„Warten sie, ich hole ihn."

Langsam erhob sich der Alte und stützte sich dabei auf seinen Stock. Seine nackten Füße steckten in Holzpantoffeln. Bekleidet war er mit einem alten dreckigen Kittel. Nach einer Weile kam er wieder. Ein

Mann um die fünfzig begleitete ihn. Er trug eine Lampe bei sich, die er hoch hielt als er Edith sah.

„Guten Abend. Waldkötter mein Name, sie suchen eine Bleibe?"

„Ja, in der Stadt sagte man uns, dass sie hier etwas verpachten würden."

„Ja wir haben etwas außerhalb noch etwa zwei Morgen Land mit einer kleinen Hütte darauf die wir verpachten möchten. Die Hütte ist allerdings in keinem guten Zustand, dafür ist die Pacht billig."

Er schwang sich auf den Wagen, und schaute Isabel freundlich an.

„Und wie heißen wir?" fragte er väterlich.

„Isabel van Haag."

„Aha", sagte er und winkte Edith zu, dass sie losfahren könne. Sie fuhren aus dem Hof hinaus und bogen nach einigen hundert Metern links in einen Feldweg ein. Nach weiteren hundert Metern standen sie dann vor einer Hütte, die denen der armen Heuerlinge ähnelte. Allerdings hatte der Bauherr für einen Kamin gesorgt, und für Fenster, deren Scheiben jedoch zerbrochen waren.

„Was soll die Pacht kosten?" fragte Edith.

„Zwei Taler im Monat."

„Das ist zuviel. Sagen wir einen Taler und fünfzehn Silbergroschen."

„Normalerweise mögen wir es nicht wenn um die Pacht gehandelt wird, aber ich bin bereit ihnen die Hütte für einen Taler und zwanzig Silbergroschen im Monat zu überlassen, allerdings müssen sie die Hütte in Ordnung bringen, und auch die ein oder andere

Reparatur selber durchführen, darum kann ich mich bei diesem Pachtzins nicht auch noch kümmern."

„Das werden wir schon machen", antwortete Edith.

„Dann werde ich jetzt mal zurückgehen, es ist schon spät. Kommen sie morgen zum Hof, dann machen wir einen Vertrag." Er nickte noch einmal höflich und ging zurück in die Dunkelheit, nicht ohne ihnen jedoch die Lampe für die Nacht da zu lassen.

„Dann wollen wir mal", hauchte Edith mit ein wenig Ironie in ihrer Stimme. Sie öffnete die Tür, die sich nur schwer in den quietschenden Angeln bewegen ließ. In dem kleinen Raum dahinter war ein heilloses Durcheinander. In der Mitte stand ein alter wurmstichiger Tisch. Daneben lagen drei zerbrochene Stühle. Der Raum war erfüllt von einem Geruch der muffig an eine Mischung aus Staub, Moos und Schimmel erinnerte.

„Mutter, sollen wir hier in Zukunft wohnen?" Aber Edith scheuchte Isabels Bedenken mit einer abweisenden Handbewegung fort und meinte.

„Lass mal, wenn wir hier Ordnung geschaffen haben, lässt es sich hier bestimmt gut leben."

Sie holten noch ihre Sachen vom Wagen, banden das Pferd fest und breiteten ihre Decken auf dem Boden aus, um sich schlafen zu legen. Beide waren sehr erschöpft von der Reise, aber glücklich, endlich am Ziel angekommen zu sein.

Die neue Heimat

Der Morgen graute. Edith war wie üblich schon früh auf den Beinen. Leise, um ihre Tochter nicht zu wecken, begann sie alles aus der Hütte zu räumen. Dann fegte sie die zwei kleinen Nebenräume der Hütte aus. Sie sollten ihr und Isabel einmal als Schlafkammern nützen.

Langsam erwachte auch Isabel. Verschlafen rieb sie sich die Augen und schaute zu ihrer Mutter hinüber die gerade dabei war die Wände mittels Wasser und einem Schwamm vom Schimmel zu befreien.

„Morgen Mutter."

„Morgen Isabel, na wie haben wir geschlafen?"

„Es geht, sag mal waren hier drinnen gestern nicht noch ein par Stühle?" Bevor Edith noch antworten konnte unterbrach sie ein dröhnende Tuten, das an einen Raddampfer erinnerte.

„Hörte sich das nicht wie ein Frachter an", fragte Isabel.

„Mich wundert das auch, wir sind doch so weit von der See entfernt."

Dem Tuten keine Beachtung mehr schenkend stand Isabel auf. Gemächlich ging sie nach draußen, wo die ersten Vögel schon zu zwitschern begannen. Ihr fröstelte ein wenig. Sie entdeckte vor dem Häuschen die kaputten Holzmöbel, die ihre Mutter dort hingeworfen hatte. Langsam ging sie wieder in die Hütte zurück und schaute zu wie ihre Mutter begann den Kamin zu säubern.

„Ein Glück, das der Schornstein noch nicht versottet ist." Gerade wollte sie weitersprechen als es erneut tutete. Fragend schauten sich Mutter und Tochter an. Beide konnten sich das nicht erklären.

Edith begann das Holz der Stühle in den Kamin zu legen, dann zündete sie es an. Es war altes Holz, das kaum heizte, um sich nach der kühlen Nacht jedoch aufzuwärmen und einen Tee zu kochen reichte es allemal. Edith holte aus den an der Wand aufgestapelten Beuteln und Taschen, die sie gestern abend noch hereingetragen hatten ein Blatt Papier und einen Bleistift hervor.

„Dann lass uns mal aufschreiben was wir benötigen."

Mutter und Tochter schrieben Bretter, Nägel, Stroh und Farbe auf. Anschließend maßen sie noch die Größe der Fensterscheiben aus. Dann spannten sie Gunde vor den Wagen und machten sich auf, um in der Stadt die benötigten Sachen einzukaufen. Bei einem Holzhändler erstanden sie für zehn Silbergroschen ein par Bretter die sie für ihre Betten und für einige Regale benötigten. Beim Glaser ließen sie sich die benötigten Glasscheiben zurechtschneiden und ließen sich dort auch etwas Kitt mitgeben. Bei einem Tischler kauften sie noch zwei einfache Stühle. Als sie dann in einen Kramladen kamen sahen sie an der Wand ein Plakat, das dem in Söredom ähnelte. Hier war auch genau aufgeführt daß eine Frau ab dem fünfundzwanzigsten Lebensjahr dreiviertel Silbergroschen pro Stunde verdiente. Mädchen zwischen dem zwölften und dem vierundzwanzigsten Lebensjahr verdienten siebeneinhalb Silbergroschen bei einer zwölfstündigen Schicht.

„Damit werden wir wohl zurechtkommen", meinte Edith nachdem sie das Plakat durchgelesen hatte.

„Die Damen möchten in der Ravensberger Spinnerei arbeiten?" fragte der Krämer.

„Ja, deshalb sind wir nach Bielefeld gekommen", antwortete Edith.

„Da hat meine Schwester auch mal gearbeitet, aber dann wurde sie schwanger und musste die Arbeit aufgeben. Es ist hart dort zu arbeiten."

„Wir sind es gewohnt hart zu arbeiten."

Der Krämer brummte etwas vor sich hin, dann fragte er noch einmal höflich.

„Und was wünschen die Damen?"

„Eine Tüte Nägel, einen Topf Holzfarbe, fünf Kerzen und ein Schloß für die Tür."

Der Krämer entschwand zwischen seinen Regalen, um die gewünschten Gegenstände herauszusuchen. Nach einer Weile kam er wieder, und stellte alles auf den Ladentisch.

„Brauchen die Damen auch einen Pinsel?"

„Ja", Antworteten Edith und Isabel fast gleichzeitig.

Flink zauberte er einen mit Rosshaarborsten aus seiner Hosentasche.

„Habe ich mir gleich gedacht."

Isabel lud die Sachen auf den Wagen. Als sie wieder hereinkam nahm ihre Mutter gerade das Wechselgeld in Empfang.

„Sagen sie", begann Isabel „ haben sie heute Morgen auch das Tuten eines Frachtschiffes gehört?"

Der Krämer schaute etwas verdutzt. Eine Weile sah es so aus als ob er überhaupt nicht wisse wovon sie sprach. Dann begann er zu lachen und antwortete.

„Das war das Signal für den Arbeitsanfang. Das kommt aus der Fabrik. Wenn es das erste mal ertönt ist es halb sechs. Beim zweiten mal viertel vor. Um fünf vor müssen alle bei ihren Arbeitsplätzen sein."

„Danke", sagte Isabel verwirrt. Auch ihre Mutter schien zu staunen. So etwas hatte sie ja noch nie gehört. Dass der Arbeitsbeginn durch das Tuten eines Schiffshorns angekündigt wird. Sie verabschiedeten sich vom Krämer.

Dann ging es wieder zur Hütte. Auf dem Rückweg kauften sie beim Bauern noch etwas Brennholz und zwei Garben Stroh und machten sich anschließend daran das neue Heim zu säubern und zu reparieren. Sie flickten die undichten Stellen im Dach, setzten die Glasscheiben in die Fenster und nagelten sich aus den Brettern eine Schlafstatt für die Nacht, die sie mit Stroh auslegten, und über die sie ein Leinentuch spannten.

Die Abenddämmerung begann schon aufzuziehen, als Edith den Kamin anzündete und eine deftige Mahlzeit zu kochen begann.

„Ich schaue noch mal nach Gunde, Mutter", rief Isabel und lief zur Tür. Gerade als sie die Tür öffnen wollte, klopfte es an der selben. Als sie öffnete stand Herr Waldkötter vor der Tür.

„Guten Abend Frau van Haag."

Jetzt erst viel ihr ein, dass sie ja einen Termin für heute beim Verwalter hatte.

„Es tut mir unendlich leid", stotterte sie reumütig.

„Es ist ja nichts passiert", Irgendwie schien er etwas für Edith übrig zu haben. „Ich habe den Pachtvertrag gleich mitgebracht. Können sie die erste Pacht gleich bezahlen?"

„Ja", kam es aus ihr wie aus der Pistole geschossen.

„Wie ich sehe haben sie hier schon Ordnung geschaffen."

„Wir haben uns alle Mühe gegeben."

„Das sehe ich mit wohlwollen." Dabei legte er den Vertrag auf den Tisch.

„Möchten sie eine Tasse Tee?" fragte Isabel während sich ihre Mutter den Vertrag durchlas. Er überlegte erst einen Moment bevor er antwortete.

„Ja , ich glaube der würde mir gut tun."

Isabel ging zum Kamin und setzte Wasser auf, bereitete eine Kanne mit Tee zu, stelle sie neben den Kamin und schlurfte dann zu ihrer Mutter an den Tisch. Vielleicht hätten wir doch drei Stühle kaufen sollen, für den Fall, dass wir Besuch bekommen, dachte sie. Das Wasser im Kessel begann zu kochen. Schnell ging Isabel zum Kamin um den Tee aufzugießen. Sie stellte zwei Tassen auf den Tisch, und schenkte dem Gast und ihrer Mutter von dem dampfenden Getränk ein.

„Mutter, ich geh jetzt mal raus um nach Gunde zu sehen."

„Tu das mein Kind", sprach Edith.

Isabel schlich hinaus in die Dunkelheit. Hinter der Hütte war ein kleiner Schuppen in dem sie Gunde untergebracht hatten. Isabel brachte ihr das restliche Stroh, dass vom Bettenbau übrig geblieben war, und streichelte sie. Sie schien auf der Reise um Jahre gealtert zu sein. Ihr Atem ging schwer und sie schien erhöhte Temperatur zu haben. Arme Gunde, dachte Isabel. Aus der Hütte drang das Lachen ihrer Mutter. Gott, kam es ihr in den Sinn, seit Vaters Tod habe ich Mutter nicht mehr lachen gehört. Sie gab Gunde noch etwas Hafer zu fressen und schlenderte dann wieder zurück zum Hütteneingang. Als sie die Tür öffnete kam ihr ein Schwall warmer Luft entgegen. Tut das gut wieder ein eigenes Heim zu haben, das mit einem Bett und einem warmen Kamin ausgestattet ist, sinnierte sie vor sich hin. Drinnen saßen Herr Rullkötter und ihre Mutter noch immer am Tisch und unterhielten sich.

„Der Tee schmeckt ausgezeichnet", lobte er. „Wo bekommt man ihn zu kaufen."

„In Friesland, in der Nähe von Wilhelmshaven", klärte Isabel ihn auf.

Herr Waldkötter schaute etwas verdutzt, dann lachte er und meinte nur, dass es ihm doch etwas weit sei, dorthin zu fahren nur um diesen vorzüglichen Tee zu kaufen. Er stellte Edith noch eine Quittung aus, für die erste Pacht und verabschiedete sich höflich.

„Ein netter Kerl", sagte Edith gedankenversunken.

„Ja, ich habe dich auch heute zum ersten mal wieder lachen gehört, seit dem Vater gestorben ist."

„Herr Waldkötter hat mir einige Witze erzählt. Er ist eben ein netter, lustiger Mann."

Dann machte sie sich wieder daran das Essen weiter zuzubereiten. Es gab an diesem Abend einen Eintopf mit Kartoffeln und Fleisch.

Nach dem Essen wurden sie schrecklich müde, und sie entschlossen sich, schlafen zu gehen. Der Schlaf überkam die Beiden sehr schnell, und bald wiegten sie sich in den schönsten Träumen.

*

Die Vögel zwitscherten, Nebel lag auf dem Feld, als Isabel beladen mit zwei Wassereimern vom Brunnen wiederkehrte. Sie hatte so gut geschlafen in ihrem neuen Bett. Fast war es so wie in Söredom und eine eigene Kammer hatte sie auch. Heute wollten sie an der Hütte weiter arbeiten, aber es sah so aus als wolle das Wetter nicht so recht mitspielen. Von Westen her zogen dicke Wolken auf. Isabel stieß die Tür auf und schleppte die Eimer zum Kamin. Ihre Mutter war gerade dabei das Frühstück zuzubereiten.

„Es sieht so aus als ob es Regen gibt", erwähnte Isabel eher beiläufig.

„Das macht nichts, wir haben hier drinnen noch genug zu tun. Die Fensterrahmen müssen gestrichen werden, die Wände in neuem Weiß getüncht, die Regale sind auch noch nicht fertig, und außerdem könnten wir den alten Tisch auch mal abschmirgeln und neu einwachsen. Das alte Eichenholz scheint nämlich noch gut zu sein."

„Meinst du? Auf mich macht der Tisch eher den Eindruck als würde er jeden Augenblick zusammenbrechen."

„Komm setz dich Isabel und ess erst mal etwas."
Und so machten sich die Beiden nach dem Frühstück daran, die Hütte weiter einzurichten. Sie hatten genug Bretter mitgebracht um auch noch ein kleines Regal für jede Kammer zu bauen. Meine Mutter geht mit den Werkzeugen sehr geschickt um, fast wie ein Mann, stellte Isabel fest.

„Mutter, darf ich dich mal was fragen?"
„Ja, Isabel."

„Wie kommt es, dass du so gut Handwerken kannst, die Regale sind wie von einem Tischler gebaut."

„Ich habe die Bretter doch nur passend gesägt. Geschnitten und gehobelt waren sie doch bereits."

„Nein wirklich Mutter, du machst das wie gelernt. Ich beneide dich darum."

Edith setzte sich auf den Stuhl, schüttete sich etwas Wasser aus einem Krug in ihr Glas und begann bedächtig daran zu nippen. Hoffentlich habe ich jetzt nichts falsches gesagt, dachte Isabel und schaute besorgt zu ihrer Mutter herüber.

„Weißt du, mein Vater hat sich immer einen Sohn gewünscht, aber das hat nicht geklappt, und da hat er mich eben erzogen wie einen Jungen. Ich mußte mit ihm fischen fahren, das Boot reparieren und die Netze flicken. Obwohl Mutter immer dagegen war, hat es mir doch Spaß gemacht."

Isabel grübelte vor sich hin. Das hatte sie nicht gewusst, und wenn sie es geahnt hätte, hätte sie ihre Mutter nicht darauf angesprochen.

Edith trank das Glas aus, stand auf, griff nach dem Topf mit der Farbe und dem Pinsel und begann den Fensterrahmen zu streichen. Isabel schaute sich um.

„Weißt du was in unserer Hütte noch fehlt."

„Nein."

„Ein Schrank für unsere Kleider."

„Da magst du recht haben Isabel aber wir können sie ja erst mal in unsere Kammern hängen. Das Geschirr kannst du übrigens auspacken und in das Regal neben den Kamin stellen."

Vorsichtig zog Isabel eine Kiste unter den Sachen hervor die sich noch immer an der Hüttenwand stapelten. Langsam packte sie die Tassen und Teller aus und ordnete sie in das neue, frisch gewachste Holzregal ein. Als die Kiste leer war brachte sie Isabel nach draußen vor die Tür. Bei dieser Gelegenheit ging sie um die Hütte herum um nach Gunde zu sehen. Sie hatte noch immer eine zu hohe Temperatur, es schien ihr als sei das Fieber noch gestiegen. Zudem zitterte sie leicht. Isabel schüttete ihr etwas Hafer in den Trog und gab ihr auch frisches Wasser. Als sie zurückging begann sich der Regen in Schnee zu verwandeln. Ihr war kalt. Der April, der April, der macht was er will. Diesen Spruch hatte ihre Mutter schon oft gebraucht. Als sie wieder in der Hütte zurückkam fragte ihre Mutter gleich.

„Na da bist du ja, ich habe schon gedacht du seist verloren gegangen." Dabei lachte sie ihre Tochter liebevoll an.

„Ich habe nach Gunde geschaut", presste sie hervor, „es geht ihr noch schlechter als gestern."

„Sie muss sich aber langsam von der Reise erholt haben", meinte Edith, aber Isabel schüttelte nur energisch den Kopf. Edith ging zu ihrer Kammer, warf sich einen Mantel über, und kam zu Isabel

„Dann lass uns mal nachschauen."

Sie nahm die Lampe von Herrn Waldkötter, entzündete sie und ging mit ihrer Tochter hinaus zum Unterstand, wo sie Gunde untergebracht hatten.

„Es scheint ihr wirklich nicht sehr gut zu gehen", stellte Edith fest. „ Lauf zum Hof und schau ob der Viehdoktor aufzutreiben ist."

Isabel nickte nur und rannte los. Den matschigen Weg hinauf zur Straße, und dann in Richtung Hof. Als sie dort ankam fand sie den Alten auf der Bank vor den Heuerlingsunterkünften wieder.

„Ich brauche schnell einen Viehdoktor", rief sie ihm zu. Der Alte nickte und verschwand im Haus. Nach einer Weile die Isabel wie eine Ewigkeit vorkam, sah sie den Verwalter aus der Deele treten.

„Was ist denn los, Isabel?" fragte er ruhig.

„Bitte kommen sie, unser Pferd ist krank."

„Warte einen Augenblick."

Dann verschwand er und kam nach wenigen Minuten in Begleitung eines Stallburschen wieder. Er hatte eine große lederne Tasche dabei. Zu dritt eilten sie zur Hütte der van Haags. Edith war noch immer bei Gunde im Unterstand. Das Tier hatte sich hingelegt. Über Ediths Wange rollte eine dicke Träne.

„Sie, Herr Waldkötter ?" flüsterte sie.

„Ja, ich bin eben nicht nur der Verwalter vom Hof Meyer zu Stieghorst, sondern auch der hiesige Viehdoktor, ist das so ungewöhnlich?"

Edith rang sich ein Lächeln ab.

„Nein, entschuldigen sie bitte."

„Schon gut, jetzt lassen sie uns mal nachsehen", mit diesen Worten ging er zu Gunde herüber und legte seine Hand auf den Bauch des Pferdes.

„Wie alt ist sie ?"

„Sie verrichtet seit fast dreiundzwanzig Jahren ihren Dienst bei uns."

Herr Waldkötter nickte, als ob sich seine Ahnung bestätigt hätte. Dann winkte er den Stallburschen hinzu und forderte ihn auf das Thermometer aus der Tasche zu holen. Nachdem er die Temperatur gemessen hatte, nickte er wieder bestätigend und klopfte ihr anerkennend auf die Schulter.

„Was ist es Herr Waldkötter? Wird sie wieder gesund", hauchte Isabel.

„Also, eure Stute hat offenbar eine Entzündung im Körper, ähnlich wie bei uns Menschen vereiterte Mandeln oder eine Lungenentzündung. Sie ist schwach und alt. Das habe ich schon oft bei alten Pferden gesehen. Ich glaube nicht das wir ihr noch helfen können."

Weinend stürmte Isabel hinaus, rannte über einen Acker, blieb dann stehen und blickte mit tränenblinden Augen hinauf zum Himmel. Bitte mach, dass es Gunde wieder besser geht Gott, betete sie innerlich. Dann stand sie da und hoffte, dass der Herr ihr Stoßgebet empfangen habe.

Die Schneeflocken tänzelten um ihre Nase. Langsam wandte sie sich um und wankte zurück zur Hütte. Drinnen saß Herr Waldkötter am Tisch bei einer Tasse Friesentee. Der Stallbursche saß auf dem Boden und aß ein Brot mit Schinken. Als Herr Waldkötter Isabel eintreten sah stand er auf und sagte.

„Komm Isabel setz dich."

Erstaunt über die Höflichkeit begab sich Isabel zu dem Tisch und ließ sich auf dem Stuhl nieder. Dann fuhr Herr Waldkötter fort.

„Schau mal, für uns alle erlischt einmal das Lebenslichtlein, und momentan erlischt das von Gunde, und Gott ruft ihre alte Seele zu sich."

Isabel begann fürchterlich zu weinen, dann rannte sie wieder hinaus zu Gunde, die noch immer da lag und schnaufte.

Isabel blieb bei ihr bis sie am frühen Morgen, kurz bevor das erste mal das Horn der Fabrik ertönte, den letzten Atemzug tat, und das letzte bischen Leben aus ihr wich.

*

Ein neuer Freund

Es war Donnerstag der vierzehnte April 1858. Gestern hatten sie mit Herrn Waldkötter ihre treue Stute Gunde begraben. Isabel hatte den ganzen gestrigen Tag geweint. Herr Waldkötter meinte er würde seinem Stallburschen für heute frei geben, damit er etwas mit Isabel unternehmen könne. Auch Edith war einverstanden, und nun stand Isabel vor der Hütte und wartete auf Henry. So hieß der Junge der den Verwalter und hiesigen Viehdoktor am Abend begleitet hatte.

Sie dachte daran, dass sie durch den Ausflug etwas von Gundes Tod abgelenkt würde.

„Hallo Isabel." Sie erschrak, als Henry sie ansprach, so war sie in ihre Gedanken versunken.

„Hallo Henry."

„Habe ich dich erschreckt? Das wollte ich nicht."

„Ist schon gut, war ja keine Absicht." Dann nahm Isabel den Korb, den ihre Mutter ihr gepackt hatte, und ging los.

Nach einigen Metern jedoch blieb sie stehen, drehte sich um und fragte.

„Wo wollen wir eigentlich hingehen." Mit einem Ausdruck der Ratlosigkeit schaute sie Henry an. Er hatte heute eine saubere Hose an. Seine Füße steckten in geputzten Lederstiefeln. Sie lächelte.

„Wo möchtest du denn hin."

„Weiß nicht. Ich kenne mich hier ja nicht aus."

„Wir können ja mal zum Bahnhof gehen und uns die ankommenden Züge anschauen."

„Nee", meinte Isabel, „ich würde viel lieber mal zu der großen Burg gehen die man sogar von hier aus sehen kann." Bei diesen Worten zeigte sie nach Westen, wo sich aus den kahlen Baumwipfeln der Turm der Burg drohend gegen den Himmel erhob.

„Zu dieser alten Ruine möchtest du hin?"

„Ja das muß spannend sein, wie heißt die Burg eigentlich?"

„Das ist die Sparrenburg, sie gehörte mal zum Herzogtum Ravensberg."

„Gut, lass uns dorthin wandern." Dann stiefelten sie gemeinsam los. Erst am Rande des Teutoburger Waldes entlang und dann auf verschlungenen Waldwegen, bis sie auf dem Kamm eines Hügels standen und auf die Stadt Bielefeld hinabschauen konnten. Es war an diesem Apriltag schon richtig warm, und Bienen summten eifrig durch die Luft um den ersten Honig einzusammeln.

„Es ist nicht mehr weit", stellte Isabel fest, und schaute andächtig auf die Flachsfelder und Wiesen unter ihnen.

„Das ist jetzt also meine neue Heimat", murmelte sie leise.

„Ist alles in Ordnung mit dir", fragte Henry.

„Na sicher. Lass uns weiter gehen." Mit einem Ruck wandte sie sich ab und ging weiter.

Nach wenigen hundert Metern kamen sie an die Mauern der Burg.

„Donnerwetter ist die groß." Interessiert schaute Isabel die großen Mauern empor. Überall lagen Bruchstücke herum, die von der Burg stammten, und von den Einwohnern der Stadt verwendet wurden um ihre Häuser zu bauen.

„Wie alt diese Burg wohl ist?"

„Sie wurde im Jahr 1250 fertiggestellt. Das war einmal eine Zollstation."

„Hier oben auf dem Berg?"

„Ja komm mal mit, ich zeige dir etwas." Und schon kraxelte er über die Bruchsteine die Mauer entlang, bis zu einer kleinen Öffnung in der massiven Wand. Vorsichtig stieg er hinein. Isabel folgte ihm. Langsam tasteten sie sich durch einen feuchten, muffig riechenden Gang. Nach etwa sechzig Metern gelangten sie dann in einen großen unterirdischen Saal, der durch seinen Kuppelbau beeindruckte. Durch einen Rauchabzug in der Decke drang Tageslicht, und tauchte den Raum in ein düsteres, fahles Licht.

„Haben hier einmal richtige Ritter gehaust?", fragte Isabel.

„Ich glaube schon."

„Das muss aber sehr ungemütlich gewesen sein." Henry nickte nur und ging zielstrebig auf eine steinerne Treppe zu die auf der gegenüberliegenden Seite nach oben führte. Isabel folgte ihm schweigend. Langsam tastete sie sich hinter Henry den Gang entlang nach oben, wo sie nach wenigen Metern im Innenhof der Burg wieder an das Tageslicht gelangten. Hier bließ ein kräftiger Wind. Er wehte Isabel die Haare in ihr schönes Gesicht. In ihrem blaukarierten Kleid sah sie schon aus wie eine hübsche junge Frau. Das Kleid hatte ihr ihre Mutter noch in Söredom genäht. Der Schnitt betonte die immer ausgeprägteren Rundungen ihres Körpers, die jetzt das Blut eines jeden jungen Mannes zum kochen bringen mussten.

So schien es auch dem jungen Henry zu gehen, der sie nachdenklich anschaute. Langsam gingen sie an dem Turm vorbei auf die Zinnen zu. Isabel war ergriffen als sie über den Rand der Burg weit in das Ravensberger Land schauen konnte.

„Siehst du", erklärte Henry, „hier in Bielefeld teilt sich der Teutoburger Wald. Der Teutoburger Wald bildet eine natürliche Mauer. Sie fängt im Osten bei Hameln an und endet im Westen bei Osnabrück. Nur hier in Bielefeld kann man durch die Furt, den natürlichen Durchgang. Hier mussten alle Kaufleute und Armeen durch. Du kannst dir sicherlich vorstellen wie einfach dieser Durchgang mit einer Burg zu bewachen und zu verteidigen war."

„Woher weißt du das alles?"

„Habe ich alles von Herrn Waldkötter gelernt, und in der Schule."

„Bist du hier in Bielefeld zur Schule gegangen?"

„Ja, vier Jahre lang, dann starben meine Eltern bei einem Unfall, vor etwa zwei Jahren."

„Das tut mir leid."

„Ist schon gut. Ich habe ja noch Glück gehabt, dass Herr Waldkötter mich aufgenommen hat."

„Herr Waldkötter scheint ein guter Mann zu sein."

„Ja das ist er wirklich."

„Ist Herr Waldkötter nicht verheiratet?"

„Er war es. Seine Frau ist bei der Geburt seines Sohnes gestorben. Nach einigen Wochen ist dann auch sein Sohn gestorben. Man hat mir erzählt, dass er sich danach einen Monat in sein Zimmer eingeschlossen, und geweint hat."

„Das Leben scheint nur aus Schicksalsschlägen zu bestehen", meinte Isabel melancholisch.

„Aber es gibt auch schöne Augenblicke im Leben."

Dann gingen sie zu einer Wiese im Innenhof der Burg und setzten sich ins Gras.

Aus dem Turm kam ein alter gebückter Mann. Isabel erschrak aber Henry lachte nur und rief dem Alten zu.

„Hallo Georg."

„Na, was macht ihr denn hier".

„Meine neue Nachbarin wollte sich einmal die Burg anschauen", klärte ihn Henry auf.

„Aha." antwortete Georg.

„Können wir mal auf den Turm?" Fragte Isabel.

„Naja, eigentlich nicht, aber wir können ja mal eine Ausnahme machen."

Sie ließen den Korb im Innenhof stehen und folgten dem Mann zum Turmeingang. Isabel viel auf, dass der Turm aus der Nähe betrachtet viel neuer aussah als der Rest der Burg. Im Turm roch es nach frischem Holz, so als ob die Bolen erst vor kurzer Zeit eingebaut wurden.

Nach einem schwierigen Aufstieg hatten sie endlich die Zinnen erreicht. Isabel stockte der Atem. Noch nie hatte Sie auf einem so hohen Turm gestanden. Wie weit man von hier aus ins Land schauen konnte.

„Dort hinten kann man das Wiehengebirge erkennen." Georg zeigte nach Norden.

„Über das Gebirge sind wir gekommen, als wir nach Bielefeld gereist sind", erzählte ihm Isabel

„Von wo kommst du denn."

„Aus Ostfriesland."

„Hieß dein Vater Haag mit Vornamen, was ist denn das für ein Name?"

Isabel lachte, Henry verstand überhaupt nichts.

„Nein", antwortete Isabel, „mein Vater kommt nicht aus Ostfriesland, und deshalb ist `van Haag unser Familienname, außerdem hat der Kaiser schon vor sechs Jahren ein Gesetz erlassen, dass die Leute an der Nordsee sich einen festen Familiennamen zulegen sollen."

„Was hat das denn mit den Familiennamen auf sich?" Fragte Henry und Isabel begann ihm zu erklären, dass früher der Nachname einer Person von dem Vornamen des Vaters abgeleitet wurde. Also wenn der Vater den Namen Jan gehabt hat lautete der Nachname seines Sohnes Jannson (Jan sein Sohn) und so wurde über Jahrhunderte der Nachname durch den Namen des Vaters bestimmt.

„Aha", gab Henry erstaunt von sich.

Georg grinste. Er erzählte Isabel, dass er der Turmwächter sei und ganz alleine auf der Burg wohne. Dann begann Georg über die Burg zu erzählen. Isabel erfuhr, dass die Burg im 16. Jahrhundert vergrößert worden sei. Vorher war sie nur halb so groß gewesen. Dann wurde sie aber immer mehr vernachlässigt, so dass sie dann vor einigen Jahrzehnten völlig zur Ruine zu verkommen drohte. Dann aber sammelte ein Bürgerkommitee der Stadt Bielefeld für den Erhalt der Burg und so wurden vor einigen Jahren der Turm und die Zugbrücke wieder neu aufgebaut. Noch immer ergriffen von dem tollen Ausblick stieg Isabel die Wendeltreppe vom Turm wieder hinunter.

Unten im Hof angekommen nahm sie das Tuch vom Korb und packte das Essen aus. Eine Flasche Milch, Brot und Käse hatte Edith den Beiden eingepackt. Genüsslich aßen sie davon. Entspannt legte sich Isabel ins Gras, und betrachtete die vorüberziehenden Wolken.

„Irgendwann kehre ich an die Nordsee zurück."

„War es dort schön?"

„Anders, außerdem bin ich dort aufgewachsen. Ich werde mich nie an die Stadt hier gewöhnen", traurig schaute sie Henry an.

„Sag mal woher hast du eigentlich deinen ungewöhnlichen Namen?"

„Mein Vater war ein Engländer. Ihm verdanke ich meinen Namen."

„Was macht ein Engländer in Bielefeld?"

„Die Engländer haben die Spinnereimaschinen erfunden. Man benötigte Leute die in der Lage waren diese Maschinen nachzubauen und zu bedienen."

„Und darum hat dein Vater seine Heimat verlassen."

„Man hat ihm hier einen guten Lohn geboten."

Isabel begann die Essensreste in den Korb zu packen, um sich auf den Heimweg zu machen. Morgen würde sie mit ihrer Mutter in der Fabrik vorsprechen, um zu arbeiten. Morgen war der fünfzehnte des Monats, der Tag an dem man neue Arbeiter und Arbeiterinnen einstellte.

Langsam tasteten sie sich durch die modrigen, mit Moos bewachsenen Gänge der Burg bis sie unten wieder hinauskamen. Vor ihnen lag noch ein anderthalbstündiger Rückmarsch. Sie beeilten sich.

„Sag mal Henry , wie alt bist du eigentlich?"

„Sechzehn, seit drei Wochen."

Henry brachte sie noch bis zu ihrer Hütte, verabschiedete sich und stiefelte zum Hof zurück.

Ein netter Junge, dachte Isabel. Wie gut, dass ich wenigstens einen Freund in dieser Stadt habe.

Die Fabrik

„Guten Morgen mein Täubchen."

Isabel gähnte. Der Geruch von frisch aufgebrühtem Tee zog durch die Hütte. Edith hatte den Tisch schon gedeckt.

„Heute bewerben wir uns in der Fabrik."

Müde stapfte Isabel in die Wohnstube und setzte sich vor ihre Tasse, die mit dampfendem Tee gefüllt war. Nachdem Isabel gefrühstückt hatte zog sie sich schnell an, dann gingen sie los.

Als sie bei der Fabrik ankamen, sahen sie schon von weitem ein Schild, das ihnen den Weg zur Anmeldung der Bewerber wies. Die Aufnahme der „Neuen" erfolgte in einer Baracke die vor der Fabrik aufgebaut war. An einem Schreibtisch saß ein kleiner dicklicher Mann mit einem Kneifer. Vor dem Schreibtisch hatte sich schon eine Schlange von Neuankömmlingen gebildet. Jeder musste der Reihe nach vortreten und seinen Namen, bisherigen Beruf, sein Alter und seinen Geburtsort angeben. Als Isabel nach ihrer Mutter an die Reihe kam, fragte der Mann noch.

„Wie alt bist du wirklich`"

„Fünfzehn"

„Dann kannst du schon bei uns arbeiten."

„Warum?" fragte Isabel neugierig.

„Nach preußischem Recht dürfen Kinder unter vierzehn Jahren nicht in einer Fabrik arbeiten. Manche versuchen da zu schwindeln aber ich glaube dir."

Dann musste Isabel noch im Aufnahmebuch unterschreiben.

Nach dem auch die nachfolgenden Bewerber angenommen waren klappte er das Buch mit einem lauten Schlag zu, erhob sich und begann mit donnernder Stimme.

„Also ich mache jetzt erst mal Mittagspause, danach verlese ich das Fabrikreglemant und gebe bekannt, welchen Lohn wir zahlen. Danach zeige ich euch die Fabrik, anschließend werdet ihr in die entsprechenden Abteilungen eingeteilt."

Mit diesen Worten verließ er den Raum. Auch Edith und Isabel gingen hinaus um sich vor der Fabrik auf einer Bank niederzulassen. Sie genossen die Wärme der Sonne. Andächtig betrachteten sie das große Gebäude, das mit seinen vielen Zinnen und Türmchen an eine Festung erinnerte. Der Sandstein aus dem dieser Bau gemauert wurde, strahlte etwas gewaltiges aus.

Als das Horn der Fabrik ertönte schlenderten sie langsam zurück zur Baracke, wo auch schon der Mann eintraf der sie eingestellt hatte.

„So dann kommen sie mal alle in einem Halbkreis um mich herum." Unruhig formierten sich die neuen Arbeiter und Arbeiterinnen um den Mann der sich auf eine alte Kiste gestellt hatte.

„Mein Name ist von Habigsberg, ich bin verantwortlich für die Einstellung und Kündigung der Arbeiter und Arbeiterinnen. Außerdem zahle ich euch alle 14 Tage eueren Lohn aus."

„Wie hoch ist denn der Lohn?" rief jemand aus der Menge dazwischen.

„Arbeiter erhalten 12 Silbergroschen und 8 Pfennige pro Tag, Arbeiterinnen erhalten am Anfang 8

Silbergroschen pro Tag und nach einem Monat 9 Silbergroschen und 3 Pfennige pro Tag."

(1Taler =12 Silbergroschen, 1 Silbergroschen = 30 Pfennige)

Ein Raunen ging durch die Menge.

„Dies ist mehr als genug um euch und eure Familien zu ernähren", rief er der Menge entgegen, „außerdem," fuhr er fort, „gibt es bei uns eine Krankenkasse, die euch bei Krankheiten und Verletzungen unterstützt. Eine Rentenkasse ist ebenfalls eingerichtet, und nun folgt mir, ich möchte euch die Fabrik zeigen in der ihr demnächst arbeiten werdet. Was ich vorab aber noch erwähnen möchte. Die Fabrik ist nach dem neuesten und modernsten Maßstäben gebaut und es ist unser oberstes Gebot, dass alle Stillschweigen über die Einrichtungen und Maschinen bewahren. Übrigens hängt in jedem Raum das Fabrikreglemant an der Wand. Ihr solltet es euch gut durchlesen, und nicht dagegen verstoßen."

langsam setzte sich die Gruppe in Bewegung. Isabel schätzte, dass es an die vierzig Männer und Frauen waren die dem Mann folgten.

Als erstes gingen sie um die Fabrik herum, wo auf der Rückseite ein langer Schuppen aufgebaut war. Direkt vor der Rückseite der Fabrik standen zwei große Dampfmaschinen. Zwei riesige Riemen die von den Dampfmaschinen angetrieben wurden führten in die Fabrik hinein.

„Über diese Riemen werden alle Maschinen die sich in der Fabrik befinden angetrieben. Die eine Maschine wurde uns übrigens schon 1848 von dem preußischem Kaiser Friedrich Wilhelm IV geschenkt oder besser der

Stadt Bielefeld, damit hier einmal eine Fabrik entsteht".

Isabel ging etwas näher an eine der Dampfmaschinen heran. Ein Arbeiter schaufelte fleißig Kohle in den Heizkessel.

„Geh nicht zu nah heran, wenn du in den Riemen gerätst, kann es dir den Arm abreißen."

„Ich möchte mir die Maschine nur anschauen." antwortete Isabel dem Arbeiter. "Ich habe so etwas noch nie gesehen."

„Da staunst du was? Ganze 17 Pferdestärken bringt die."

Die Gruppe bewegte sich schon weiter auf ein Nebengebäude zu. Isabel ließ den Arbeiter stehen und rannte hinter her, um gerade noch mitzubekommen wir Herr von Habigsberg seinen Vortrag fortführte.

„Das ist die Hechelei. Hier wird der Flachs geröstet und gehechelt, das heißt er wird durch eiserne Kämme gezogen, wodurch dann die Fasern frei werden."

Der entsetzliche Staub der in der Luft schwebte raubte Isabell fast den Atem. Dann folgte sie der Gruppe durch einen Seiteneingang in das Erdgeschoß der Fabrik. Diesen Raum, so erfuhren die „Neuen" nannte man Caderie. Hier wurden die Fasern nach Länge und Feinheit sortiert. Auch hier war es entsetzlich staubig. Eine Halle weiter standen die Streck und Anlegemaschinen. Hier wurden die wolligen Streifen aus der Caderie zu einem dicken Garn verarbeitet.

„Dies ist das Herz der Fabrik", begann Herr Habigsberg wieder, „ hier wird das Garn gesponnen."

Für Isabel waren diese großen Maschinen einfach unfassbar. Auf mehreren Metern Länge wurden von einer dieser Maschine tausende von feinen Fäden gesponnen. Vor jeder Maschine standen Frauen in Gummistiefeln und Lederschürzen. Überall war es nass.

„Die Frauen hier achten darauf, dass keiner der Fäden reißt", begann Herr von Habigsberg wieder zu erzählen, „und wenn einer reißt, müssen die Fäden schnell wieder zusammengefügt werden."

Danach gingen sie zurück ins Erdgeschoß wo ihnen noch das Lager gezeigt, und wo die fertigen Spindeln mit Garn für den Abtransport in Kisten verpackt wurden. Anschließend begaben sich alle wieder in den Hof wo Herr von Habigsberg alle Neulinge in die verschiedenen Arbeitsbereiche einteilte. Edith wurde für die großen Spindelmaschinen eingeteilt, Isabel sollte ihre Arbeit hinter den Spinnmaschinen aufnehmen. Sie sollte die fertigen Spindeln abnehmen und neue auf die Maschinen stecken. Die 14 bis 16jährigen Mädchen die diese Arbeit verrichteten nannte man Abnehmerinnen.

„Ich erwarte, dass ihr euch Montag pünktlich um fünf vor sechs bei eurem Arbeitsplatz einfindet", teilte er ihnen noch mit, und damit waren sie auch schon für den ersten Tag entlassen.

Auf dem nach Hause Weg unterhielten sich Mutter und Tochter noch ein wenig

„Hast du die großen Dampfmaschinen gesehen?" fing Isabel das Gespräch an. „Und die riesigen Lederriemen die in die Fabrik hineinführen?"

„Ja habe ich gesehen."

„Und die großen Maschinen, die die vielen Garnrollen bespulten."

„Isabel du scheinst ja ganz begeistert zu sein."

„Das bin ich auch, das alles ist ja so aufregend."

„Aber Kind hast du dir mal überlegt was das für die Arbeiter und Arbeiterinnen bedeutet?"

„Wieso."

„Ja stell dir doch mal vor, die Leute arbeiten dort zwölf Stunden am Tag und das sechs Tage in der Woche, und immer die selbe Arbeit."

„Naja so habe ich das noch garnicht gesehen", gab Isabel kleinlaut zu. Den Rest des Weges gingen sie schweigend nebeneinander her.

Der erste Arbeitstag

Isabel und Edith gingen am nächsten Morgen früh los. Auf keinen Fall wollten sie zu spät kommen, denn es gab ja strenge Regeln. Auf dem Weg zur Fabrik begegneten sie unzähligen Arbeitern und Arbeiterinnen. Schweigend zogen sie in einem Tross in Richtung Fabrik.

Bei der Fabrik angekommen trötete es laut. Das war das Zeichen dafür, dass in zehn Minuten die Arbeit begann. In fünf Minuten müssten alle bei ihrem Arbeitsplatz sein.

Mutter und Tochter beeilten sich um in die erste Etage zu kommen, wo die Spinnmaschinen standen.

Oben angekommen begegneten sie einem Mann.

„Guten morgen", sagte Edith höflich, „wir sind neue Arbeiterinnen und sollen heute hier anfangen. Können sie uns sagen wo wir den Aufseher finden?" Der Mann schaute die beiden geringschätzig von oben bis unten an, dann antwortete er mit einer äußerst unhöflichen Stimme.

„Der bin ich, wer hat euch denn eingeteilt."

„Herr von Habigsberg", antworteten Edith und Isabel fast gleichzeitig.

„Aha", antwortete er kurz und stiefelte schon auf eine Maschine zu an der drei Frauen sich gerade auf die bald beginnende Arbeit vorbereiteten.

„Das hier ist die Frau Harinski, sie wird sie einweisen." Die Frau war Ende dreißig. Sie nickte nur ängstlich.

„Und du", wandte er sich an Isabel „wie heißt du ?"

„Isabel."

„Gut dann komm mit." Der Aufseher ging um die Maschine herum „Dort hinten, die Frau in dem schwarzen Kleid, das ist die Komandofrau die für dich zuständig ist." Dann wandte er sich um und verließ den Raum.

*

Edith hatte schon höflichere Menschen kennengelernt. Freundlich ging sie auf Frau Harinski zu. Sie hustete leise, während sie sich eine Lederschürze umhängte. Sie zeigte auf einen Haken in der Wand an dem noch eine Lederschürze hing und deutete Edith an, dass sie sich die Schürze nehmen sollte.

Langsam begannen die Maschinen zu laufen. Frau Harinski zeigte Edith wie sie die Maschine zu bedienen hatte. Hinten wurde das dicke, vorgesponnene Garn eingelegt und oben kam das fertige, feine Garn heraus, und wurde über der Maschine auf einer Spindel auf- gerollt. Ediths Hauptaufgabe bestand darin die Fäden zusammenzuknoten sobald einer gerissen war. Sie musste, so schien es ihr, unendlich viele Spindeln beobachten.

Die Maschinen begannen immer schneller zu laufen. Edith konnte kaum mithalten. Immer wieder kam es vor, dass das Garn riss und man musste schnell zur Stelle sein ansonsten verhedderte sich das lose Ende des Fadens, und die Maschine musste angehalten werden.

Edith hatte Anfangs mit Frau Harinski Probleme sich zu verständigen. Das lag daran, dass Frau Harinski aus Schlesien kam und Edith aus Ostfriesland.

Es begann warm zu werden in der Halle in der die Frauen arbeiteten. Das dicke vorgesponnene Garn lief erst durch riesige Wassertröge, bevor es verarbeitet wurde. Das Wasser in den Steintrögen mußte ständig erhitzt werden, wodurch sich in den Hallen eine kaum zu ertragende feuchte, schwüle Luft ausbreitete.

Edith bemerkte wie sehr die anderen Frauen unter der Arbeit litten. Ihre Finger waren wund und aufgerissen. Ihre Gesichter waren blass. Immer wieder husteten sie. Die Maschinen liefen so schnell, dass man vor lauter Arbeit überhaupt nicht dazu kam sich zu unterhalten. Dies war ohnehin schwierig, denn die Maschinen machten einen wahnsinnigen Krach. Hin und wieder schaute der Aufseher vorbei, gab grimmig seine Anweisungen, und verschwand dann wieder.

Schon nach kurzer Zeit war Edith von oben bis unten nass. Die Maschinen spritzten immer wieder Wasser auf die Arbeiterinnen. Um zehn Uhr schellte es dann endlich. Frühstückspause. Die Spinnerinnen setzten sich an einen Tisch der ein par Meter weiter in der Ecke stand. Dort aßen sie Ihre Pausenbrote.

„Ich heiße übrigens Hilde." meinte Frau Harowitz

„Edith"

„Woher kommst du?"

„Aus Söredom, das ist an der Nordsee, und ihr?"

„Wir sind aus Lotz", meinte Hilde, „das da sind meine Töchter." Sie zeigte dabei auf die anderen beiden Frauen. Sie hießen Olga und Maria. Olga war einundzwanzig und etwas korpulent gebaut. Ihr

Gesicht war rundlich und sie hatte rote Wangen. Maria dagegen war dürr wie eine Bohnenstange und etwas blass, so wie Hilde.

„Wir arbeiten seit Ende letzten Jahres hier", meinte Maria eher beiläufig.

„Aber wir sind sehr enttäuscht worden", fügte Olga hinzu.

Dann erfuhr Edith warum die drei nach Bielefeld gekommen waren. Der Mann von Hilde wurde krank und starb dann an einer Lungenentzündung. Auch sie wurden in Schlesien angeworben, und es wurden ihnen auch Versprechungen gemacht, die nicht eingehalten wurden. Hildes Töchter wohnten in einer Mädchenuntekunft in der Nähe der Ravensberger Spinnerei. Dort bekamen sie vier mal die Woche ein warmes Essen und Morgens Frühstück. Den Rest mussten sie sich selber kaufen. Dafür wurde den Beiden aber eine Menge Lohn einbehalten. Nur die Hälfte wurde ihnen ausbezahlt.

„Ich lebe als Schlafgängerin", fügte Hilde hinzu.

„Als Schlaf......... wie bitte", fragte Edith

„Ja mein Lohn ist so knapp, dass ich in unterschiedlichen Arbeiterfammilien ein Bett für eine Nacht miete."

„Aber das ist doch kein Leben", meinte Edith.

„Aber was soll ich denn machen, mein Lohn reicht nicht für ein Zimmer in der Stadt."

„Ich habe eine kleine Hütte angemietet, mit meiner Tochter."

„Wo denn?" fragte Olga.

„Richtung Heepen, wenn man den Bleicherweg stadtauswärts geht."

„Das ist mir zu weit", sagte Hilde, „wenn ich zwölf Stunden gearbeitet habe, kann ich nicht noch eine Stunde nach Hause laufen."

„Außerdem gibt es in der Stadt eh zu wenig Wohnraum", fügte Maria hinzu

„Ja", gab Hilde zu, „aber die Ravensberger Spinnerei ist dabei für uns Häuser zu bauen, die sind jedoch erst im November fertig."

Es schellte wieder. In zehn Minuten würde die Arbeit wieder beginnen. Herr Leutz kam in die Halle und brüllte.

„Macht, dass ihr an die Maschinen kommt, die Arbeit geht gleich weiter." Dann verschwand er wieder.

„Ist der immer so doof ?"fragte Edith.

„Psst", flüsterte Hilde, „das ist ein Entlassungsgrund."

„Wegen einem Spruch?"

„Ja"

Dann ging die Arbeit wieder los

*

Isabel ging langsam auf die Frau zu. Sie hatte etwas von einer Lehrerin an sich

„Los Kinder", rief sie den anderen Mädchen zu, „macht mal ein bisschen schneller, die Arbeit fängt gleich an."

Als sie bei der Frau angekommen war, streckte Isabel freimütig ihre Hand aus zum Gruß.

„Moin, ich bin die Isabel."

Die anderen Mädchen hörten auf zu arbeiten und schauten auf Isabel.

„Was gibt es denn da zu gucken," schrie die Frau. „arbeitet gefälligst weiter." Und dann etwas leiser „Wer bist du denn."

„Sagte ich doch, Isabel. Ich soll heute hier anfangen."

„Aha, und wie alt bist du und wo kommst du her ?"

„Fünfzehn Jahre und aus Söredom an der Nordsee."

„So so. Also ich bin Frau Lange, und ich bin die Komandofrau hier. Jetzt zeige ich dir die Arbeit hier, und hör gut zu ich wiederhole mich nicht gerne."

Ihre Äußerung unterstrich sie noch mit einem Rohrstock, den sie drohend in die Höhe hielt, was ihr noch mehr das Aussehen einer Lehrerin verlieh.

Deine Hauptaufgabe besteht darin, dass du die vollen Garnspulen abschneidest und neue Spulen auf die Maschinen steckst." Frau Lange zeigte auf die Maschinen, wo die anderen Mädchen bereits mit der Arbeit angefangen hatten, denn die Maschinen begannen zu laufen

„Danach packst du die Spulen in eine von diesen Holzkisten", sie zeigte dabei mit ihrem Stock auf einen Stapel der in der Ecke stand, „Wenn du eine Kiste voll hast bringst du sie runter in die Haspelei. Komm mit ich zeige dir wo du sie hinbringen sollst", sagte sie und stiefelte schon auf die Treppe zu. Isabel lief schnell hinterher.

„Da drüben stellst du die Kisten ab." Und zeigte auf ein Regal, wieder mit ihrem Stock. In der Haspelei wurden die Rollen auf eine andere Hülse umgespuhlt. Isabel wagte aber nicht zu fragen warum. Sie wollte auf keinen Fall riskieren von Frau Lange angeschrien zu werden. Oben angekommen wurde sie gleich einem Mädchen zugeteilt.

„Das ist Erna, du hilfst ihr heute in ihrem Maschinenbereich." Dann machte sie ohne ein weiteres Wort zu verlieren kehrt, und begann eine Kiste mit Garnrollen zu kontrollieren.

„Wer hat diese Kiste gepackt", hörte Isabel sie schreien. Ein Mädchen eilte zu ihr. Der Rest des Gesprächs ging im Lärm der Maschinen unter.

„Ich bin Isabel." Rief sie zu dem Mädchen herüber.

„Hallo." Erna zwang sich ein Lächeln ab. Sie hatte den Ringfinger verbunden. Isabel konnte erkennen wie sie die Zähne bei der Arbeit zusammenbiss. Isabel schaute zu wie Erna die fertigen Spulen abnahm, mit den Zähnen den Faden durchbiss und ganz schnell eine neue Hülse auf die Maschine steckte. Der Faden musste vorher noch ganz schnell in die Hülse hineingesteckt werden, dann begann die Maschine auch schon wieder damit das Garn aufzurollen. Man musste schnell sein, ansonsten verhedderte sich das lose Ende des Fadens in der Maschine.

„Was hast du mit deinem Finger gemacht."

„Ist mir gestern ne Kiste draufgefallen."

„Und verstaucht?"

„Nein wahrscheinlich gebrochen."

„Und dann arbeitest du? Warum bleibst du dann nicht einfach eine Woche zu Hause und lässt deinen Finger heilen?" Aber Erna lächelte nur.

„ Und wer soll das Geld verdienen?"

„Hast du keine Eltern bei denen du wohnst?"

„Doch, aber nach dem mein Vater einen schweren Unfall in der Hechelei gehabt hat, wollte man ihn nicht wieder einstellen. Er ist mit der Hand in ein Schwungrad gekommen. Dabei wurde ihm fast der Arm abgerissen. Er kann seinen Arm heute noch immer nicht bewegen."

„Aber gibt es hier denn keine Rentenkasse?"

„Ihr werdet hier nicht fürs tratschen bezahlt, sondern fürs arbeiten." Weder Erna noch Isabel hatten Frau Lange kommen sehen.

„Aber ich habe..." begann Isabel

„Aber was", schrie Frau Lange. Isabel wurde wütend

„Ich habe Erna nur etwas gefragt", antwortete sie zickig.

Etwas zu zickig wie es schien. Ohne Vorwarnung traf sie der Schlag mit dem Stock auf die linke Wange.

„Und jetzt an die Arbeit", rief sie außer sich, „und noch einen Mucks, dann kannst du nach Hause gehen." Isabel rollten die Tränen die Wange hinunter. Sie wagte nicht noch etwas darauf zu erwidern. Schweigend ging sie zurück an die Maschine und begann die Spulen auszutauschen. So läuft das also hier, dachte Isabel.

*

Der Abend kam, und damit der Feierabend. Isabel hatte einmal um zehn Uhr morgens eine halbe Stunde Pause. Nach ihrer Mutter durfte sie allerdings nicht sehen. Es war ihr untersagt worden, den Saal in dem sie arbeitete zu verlassen. Nur um auf die Toilette zu gehen , durften die Mädchen den Raum verlassen.

Als Isabel aus der Fabrik kam stand ihre Mutter schon vor dem Ausgang und wartete auf ihre Tochter. Isabel sah ihrer Mutter an, dass ihr fröstelte.

„Ist dir kalt Mutter."

„Ein wenig."

„Leider konnte ich in der Pause nicht zu dir kommen."

„Ich weiß, aber sag mal was hast du mit deiner Wange gemacht?"

Isabel fing an zu weinen und erzählte ihrer Mutter von dem Vorfall am Morgen.

„Weine nicht Isabel, du wirst dich schon an die Arbeit gewöhnen."

Isabel schüttelte den Kopf. „Nie!"

Dann machten sie sich auf den Heimweg. Isabel war froh als sie endlich zu Hause ankamen. Sie aß noch ein Brot, dann ging sie in ihr Bett. Sie schlief sofort ein.

Edith blieb noch ein wenig wach. Sie räumte das Geschirr weg und dachte an ihre Tochter. Arme Isabel, so ein Leben hat sie wirklich nicht verdient. Dann ging auch Edith ins Bett. Sie wusste, dass sie morgen früh aufstehen musste.

Arbeitsalltag

Die Tage Wochen und Monate vergingen. Die einzige Abwechslung boten die Sonntage. Dann hatten die beiden Frauen frei, und sie konnten sich ausruhen.

Wenn Isabel morgens aufstand taten ihr sämtliche Glieder weh. An den ersten Tage war es noch sehr schlimm, aber allmählich ließen die Schmerzen nach. Dafür wurden die Finger immer wunder. Frau Harowitz hatte den Beiden eine Dose Wollfett gegeben. Damit cremten sie sich jeden Morgen die Hände ein. Die Wunden verheilten zwar ein wenig und es linderte etwas die Schmerzen, aber es war auch sehr hinderlich bei der Arbeit, denn durch die fettige Salbe kam es immer wieder vor, dass ihnen ein Faden aus der Hand rutschte. Deshalb ließen sie es bleiben und arbeiteten ohne Salbe weiter. Dadurch wurden jedoch ihre Hände in starke Mitleidenschaft gezogen, so wie bei den anderen Frauen. Bald waren die Hände schwielig und von kleineren Wunden übersät. Dazu kam noch, dass Isabel weniger Lohn bezahlt wurde, als ihnen anfangs von Herrn von Habigsberg zugesichert wurde. Isabel bekam pro Tag nur etwa 5 Taler. Von den anderen Mädchen die als Abschneiderinnen arbeiteten erfuhr sie, dass dies der übliche Lohn wäre und dass sie alle nicht mehr verdienen würde. Die Begründung sei, so erzählte man ihr, dass die Mädchen ja eh irgendwann heiraten, und der Verdienst den sie bekommen ja nicht für den Unterhalt der Familie benötigt würde, sondern ein Hinzuverdienst wäre.

Viele Mädchen die mit Isabel in der Fabrik arbeiteten sahen das genauso. Sie träumten alle davon einmal zu heiraten und eine Familie zu gründen, und da sie in den meisten Fällen von ihren Eltern in die Fabrik geschickt wurden war es ihnen auch egal was sie in der Fabrik verdienten. Die Abschneiderinnen wurden eh von den anderen Frauen in der Fabrik gemieden. Isabel hatte schnell heraus, dass es in der Fabrik eine Hierarchie gab. Am höchsten angesehen waren die Spinnerinnen, denn ihre geschulten Hände galten als das wichtigste in der Fabrik. Sie verdienten auch am meisten. Danach kamen die Caderiearbeiterinnen und die Hasplerinnen. Die Abschneiderinnen standen ganz unten auf der Gehaltsliste, und so wurden sie auch behandelt. Die Frauen aus der Weberei dagegen wollten mit den ganzen Frauen aus der Spinnerei nichts zu tun haben, denn sie hielten sich für etwas besseres.

Aber Isabel erfuhr in dieser Zeit auch eine Menge interessanter Dinge. So hatte die ganze Fabrik ungefähr zwei Millionen Taler gekostet. Wenn alle Maschinen in der Fabrik am laufen waren wurden fast zwanzigtausend Spindeln bespult. Eine Menge die sich Isabel kaum vorstellen konnte, und das war noch nicht alles. Seit einigen Monaten war auch die „Neue Weberei" fertiggestellt worden, denn das gesponnene Garn sollte gleich weiterverarbeitet werden. Leider hatten die Arbeiterinnen und Arbeiter davon aber nichts. Sie mußten immer noch zwölf Stunden am Tag arbeiten, sechs Tage in der Woche.

Vor einigen Wochen hatten ein par Arbeiterinnen versucht einen Streik zu zu organisieren. Morgens hatten sie ihre Arbeit niedergelegt und eine kürzere Arbeitszeit gefordert. Viele Arbeiterinnen hatten sich angeschlossen und gegen mittag lief in der Fabrik keine Maschine mehr. Die Gesellschafter ließen sich aber auf keinen Handel mit den Streikenden ein. Sie riefen die Polizei die dann die Anführerinnen des Streiks festnahmen. Danach gingen alle wieder an die Arbeit. Keiner traute sich noch etwas zu sagen. Auch Isabel ging wieder an die Arbeit. Keiner sprach mehr von dem Streik. Die Anführerinnen wurden einen Tag später zu zwei Wochen Haft verurteilt.

Edith wurde zwei Monate nach dem sie mit der Arbeit begonnen hatte schwer krank. Zwei Wochen musste sie mit einer Lungenentzündung im Bett liegen. Die Ravensberger Spinnerei schickte einmal einen Arzt vorbei, der ein Medizinfläschchen mitbrachte.

Viele Arbeiterinnen waren krank geworden. Das lag an der stickigen, feuchtwarmen Luft die in den Spinnereihallen waberte. Wenn sie dann nach Feierabend an die kühle Abendluft kamen, ließ es sich nicht vermeiden, dass sie krank wurden. Auch Isabel hatte sich anfangs etwas erkältet, allerdings war es nicht so schlimm wie bei ihrer Mutter. Manche der erkrankten Arbeiterinnen wurden überhaupt nicht mehr gesund, denn jeden Tag den sie krank waren und zu Hause blieben, bedeutete einen Lohnverlust. Das bisschen Krankengeld das ihnen die Krankenkasse zahlte reichte vorne und hinten nicht, und so blieb den Frauen nichts anderes übrig als weiter zu arbeiten. Meistens litten sie unter Erkältungen, Mandel-entzündungen, Grippe oder Lungenentzündung. Manche der Frauen starben auch daran. Meist wenn sie schon älter waren.

Auch die Jüngeren waren oft krank und erschöpft. Schon ein par mal war es vorgekommen, dass ein Mädchen während der Arbeit zusammenbrach. Dann schaffte man sie in einen Nebenraum und der Arzt wurde gerufen. In den meisten Fällen standen die Mädchen dann am nächsten Tag wieder an der Maschine.

*

Es war ein warmer Frühlingssonntag. Über ein Jahr waren Isabel und ihre Mutter nun schon in der Fabrik am arbeiten. Noch immer wohnten sie in dem kleinen Häuschen der Mayers. Zwar hatten sie morgens den weiten Weg, dafür mussten sie aber keine so hohe Miete bezahlen. Heute kam Henry vorbei um mit Isabel tanzen zugehen. Das taten sie häufig. Manchmal gingen sie auch spazieren, aber der Tanzabend war eine willkommene Abwechslung. Die Mädchen redeten die ganze Arbeitswoche davon. Viele mussten lange sparen um sich ein schönes Kleid kaufen zu können, denn wenn man ausging sollte keiner sehen, dass man in der Fabrik arbeitete. Trotz dem konnten die Mädchen ihre Herkunft nicht verbergen, denn man konnte sofort an ihren Fingern erkennen wo sie arbeiteten.

Isabel schaute aus dem Fenster. Schon von weitem konnte sie erkennen, dass Henry im Anmarsch war.

„Tschau Mutter", rief Isabel aufgeregt und drückte ihrer Mutter einen Kuss auf die Wange. Isabels Mutter sah schlecht aus nach einem Jahr in der Ravensberger Spinnerei. Die Arbeit hatte auch Spuren bei ihr hinterlassen. Sie war dünn geworden und unter ihren Augen hatten sich breite Ränder gebildet.

„Ich wünsche euch viel Spaß", rief Edith ihrer Tochter hinterher, doch da war sie schon aus der Tür und lief Henry entgegen.

„Hallo Henry."

„Guten Tag."

Isabel konnte erkennen, dass Henry eine braune Ledertasche umgehängt hatte und einen Korb in der Ellenbeuge trug. Aus Henry war ein junger Mann geworden. Kurz nach dem Edith und Isabel in die Hütte eingezogen waren hatte Henry eine Arbeit in der Stadt angenommen. Er arbeitete bei einem Uhrmacher der sich darauf spezialisiert hatte Nähmaschinen zu reparieren. Henry war fasziniert von der Tätigkeit und er hatte eine schnelle Auffassungsgabe, was ihm bei dieser Arbeit sehr zugute kam. Auch Henrys Arbeitgeber, der Uhrmacher Böckelmann hatte dies erkannt und bezahlte ihm mittlerweile einen guten Lohn. Henrys Ziehfater war anfangs nicht sehr begeistert gewesen, dass sein Junge nicht mehr auf dem Hof arbeitete, aber er konnte schnell erkennen, dass ihm die Arbeit Freude bereitete, und so erzählte er kurz darauf im Wirtshaus, dass er glaube, sein Junge würde mal ein großer Techniker werden.

„Warum hast du die alte Tasche und den Korb mitgebracht", fragte Isabel denn sie war davon ausgegangen, dass sie heute wieder tanzen gingen.

„Was hast du eigentlich vor", lachte sie und boxte ihn lachend auf den Oberarm.

„Ich will dir etwas zeigen."

„Und ich will tanzen." Und drehte sich dabei zweimal um die eigene Achse.

„Im Ernst Isabel, ich will dir etwas Wichtiges zeigen."

„Hast du einen Schatz in deiner Tasche." Isabel griff danach und grinste. Schnell ging Henry einen Schritt zurück und Isabels Hand griff ins Lehre.

„Nu sei doch mal ernst."

„Ist ja schon gut", gab Isabel kleinlaut zu, „habe ich dich verärgert?" Dabei schaute sie kokett zu ihm rüber und machte einen Schmollmund der selbst Steine hätte schmelzen können.

„Nein Isabel du weißt, dass du mich nicht verärgern kannst, aber nun komm ich möchte mit dir ein Picknick machen."

Sie gingen Richtung Stadt, bogen aber vorher in in den Teutoburger Wald ab und gingen über einen schmalen Waldweg hinauf auf einen Hügel. An einer Lichtung machten sie Halt und Henry breitete eine Decke auf dem Gras aus. Die Vögel zwitscherten und es war ein herrlicher Frühlingstag. Überall schien das Leben nach diesem harten Winter zu erwachen. Die Knospen der Bäume und Sträucher platzten auf und es kamen zarte grüne Blätter zum Vorschein. Ein Amselmännchen sammelte Moos um ein Nest zu bauen. Isabel sog die frische Luft tief in sich ein. Brot Käse, eine Schweinshaxe und einen Krug Wein hatte Henry mitgebracht.

„Toll", meinte Isabel begeistert, „haben wir heute etwas zu feiern ?"

„So ähnlich." Dann griff er in die Ledertasche und zog ein Buch heraus.

„Was ist das?" fragte Isabel erstaunt.

„Ein Buch."

„Das sehe ich auch, aber was für eins?"

„Kannst du lesen?"

„Na klar, mein Vater hat es mir beigebracht."

Henry hielt ihr das Buch hin.

„Technik in der Textilindustrie von Dr. Hartmut Eger."
Las sie laut vor, und dann. „Was willst du damit und
wo hast du es her?" Henry lächelte.

„Also das Buch habe ich in der Bibliothek vom Meyer
gefunden und da ist mir eine Idee gekommen."

„Hast du es etwa geklaut?"

„Na eher geborgt."

„Und wenn er es rauskriegt."

Henry schmunzelte „Nie, der Meyer hat doch gar keine
Ahnung von Technik. Die Bücher bestellt immer seine
Frau. Sie will, dass die Bibliothek immer auf dem
neuesten Stand ist, wegen der feinen Gesellschaft die
dort oft zu Besuch ist. Der Meyer hat tausende von
Büchern, das fällt nicht auf."

„Ja aber was willst du denn damit?"

„Überleg doch mal, ich arbeite doch bei Böckelmann."

„Ja und."

„Was mache ich da.?"

„Du reparierst Nähmaschinen."

„Richtig, denn die Leute in der Stadt waren der
Ansicht, dass ein Uhrmacher alles reparieren kann."

„Und was hat das mit dem Buch zu tun?"

„Pass auf, ich habe mir die Maschinen genau
angesehen, und ich weiß nun wie sie funktionieren.
Hier in diesem Buch steht alles genau beschrieben."

„Dann kannst du jetzt ja auch ein Buch schreiben. So repariert man Nähmaschinen, von Henry..."

Isabel lass den Quatsch. Ich habe etwas anderes vor. Ich will Nähmaschinen bauen."

Isabel lachte. „Dann nehmen wir die Hütte wo ich mit meiner Mutter lebe. Ich fange heute abend gleich an ein Schild in den Garten zu stellen. Henrys Nähmaschinenschmiede." Wieder lachte sie.

„Jetzt lass den Quatsch", Henry wurde wütend und packte Isabel am Arm, ließ aber gleich wieder los als er sah wie Isabel erschrak.

„Weißt du eigentlich, dass eine Nähmaschine zwanzig mal so schnell nähen kann wie eine Frau?"

„Und was bringt das?" Isabel verstand immer noch nicht worauf Henry hinaus wollte

„Stell dir eine Frau vor. Sie verdient ihren Unterhalt damit, dass sie Kleider näht. Jeden Tag näht sie ein Kleid und erhält dafür 5 Taler. Jetzt stell dir vor die Frau schafft zwanzig Kleider am Tag ?"

„Dann würde sie 100 Taler am Tag verdienen. Henry du hättest Schneider werden sollen."

„Nein. Aber hast du eine Ahnung was eine Nähmaschine kostet?"

„Nein , aber weißt du es."

„Fast 1000 Taler."

Isabel konnte den erstaunten Gesichtsausdruck nicht verbergen. Mit offenem Mund schaute sie Henry an. Er griff nach einem Stück Käse und schob es sich triumphierend in den Mund.

„Und du willst nun eine Nähmaschine ..."

„Ja genau aber ich brauche deine Hilfe."

„Du brauchst noch viel mehr."

„Was denn." Fragte Henry.

„Ja zum Beispiel Eisen, Werkzeuge und Platz wo du arbeiten kannst."

„Das Werkzeug habe ich schon, und für das Material habe ich gespart."

„Und wann wollen wir anfangen?"

„Wenn du willst sofort." antwortete Henry „Lass uns zum Uhrmacher gehen, ich zeige dir eine Nähmaschine, die wir dort gerade zur Reparatur haben, aber lass uns vorher Essen." Isabel war einverstanden.

Das Essen schmeckt fantastisch. Henry hatte sich richtig Mühe gegeben. Als sie fertig waren wollte Isabel den Rest in den Korb packen, aber Henry hielt sie auf.

„Warte Isabel ich habe da noch was."

„Er zauberte ein kleine Päckchen aus seiner Westentasche und überreichte es ihr."

„Für dich." sagte er fast schon verlegen. Isabel griff hastig nach dem kleinen Päckchen und wickelte es aus. Zum Vorschein kam ein kleiner silberner Ring, in dem ein wunderschöner Mondstein eingearbeitet war. Er war so glatt poliert, dass er in der Sonne funkelten. Isabel war überwältigt, und viel Henry um den Hals.

„War der nicht sehr teuer?" fragte sie.

„Ach nö, den habe ich selber geschmiedet", antwortete er verlegen. Isabel schaute sich den Ring an. Sie war begeistert, dass Henry etwas so schönes machen konnte. Henry nahm ihr den Ring wieder aus der Hand und steckte ihn ihr auf den linken Ringfinger. Isabel war gerührt und gab Henry einen Kuss auf die Wange. Er wurde rot bis über beide Ohren. Verstohlen fing er an die Essensreste in den Korb zu packen und die Decke zusammenzulegen. Dann machten sie sich auf den Weg in die Stadt. Hand in Hand schlenderten sie über die Waldwege bis sie an die Stadtmauern gelangten. Stolz trug sie den Ring an ihrem Finger. In ihrem Bauch begann es zu kribbeln. War sie vielleicht verliebt? Auch Henry strahlte über das ganze Gesicht. Als sie durch die Straßen von Bielefeld bummelten traf sie auf einige ihrer Kolleginnen, die auf dem Weg zu einem Tanzlokal waren. Als sie Isabel mit Henry sahen fingen sie an zu tuscheln. Die Beiden gingen weiter über die Breite Straße durch die Judengasse hin zum Marktplatz. Gegenüber dem Rathaus befand sich das Geschäft vom Uhrmacher Böckelmann. Henry ging durch einen Torbogen neben dem Geschäft, zielstrebig auf eine große Holztür zu.

„Hinter der Tür ist die Werkstatt."

„Und wie kommen wir da rein?" Aber Henry hatte schon einen Schlüssel aus seiner Hosentasche gezogen und schloß die Tür auf.

„Darfst du da denn hinein?"

„Na klar, der Meister hat mir extra einen Schlüssel gegeben, damit ich jederzeit rein kann."

Sie betraten eine kleine düstere Werkstatt. Durch ein kleines mit Spinnweben verhangenes, staubige Fenster auf der linken Seite viel etwas Licht auf eine Arbeitsplatte. Auf ihr stand etwas, vermutlich eine kleine Maschine, die mit einem alten Leinentuch verhangen war. Auf der rechten Seite war eine etwas kleinere Werkbank aufgebaut. Da hinter hingen in einer Reihe Werkzeuge an der Wand. Sägen, Bohrer, Hämmer, Zangen, alles fein geordnet.

„Und hier arbeitest du jeden Tag?"

„Ja." Er ging zu der großen Arbeitsplatte, und zog das Tuch von der Maschine

„Das ist eine Nähmaschine, schau mal, dort vorne ist die Nadel, und wenn ich hier hinten an dem Rad drehe, geht sie hoch und runter, und beginnt zu nähen."

„Wie soll denn das funktionieren, wenn die Nadel nur hoch und runter geht, und wo ist der Faden?"

Doch Henry war schon dabei eine Rolle Garn auf die schmale Stange über der Maschine zu stecken. Geschickt fädelte er das Garn durch mehrere Ösen bis durch das Nadelöhr. Dann nahm er aus einer Kiste zwei alte Lappen, legte sie unter die Maschine und begann ruhig das Rad an derselben zu drehen. Langsam zog die Maschine die Lappen durch und nähte sie fest aufeinander.

„Das verstehe ich nicht" Isabel war überrascht.

„Was verstehst du nicht?"

„Die Maschine kann doch überhaupt nicht nähen, die Nadel piekst doch nur Löcher in den Stoff."

Henry lachte „Da ist ein Trick dabei", begann er zu erklären und machte sich daran eine Klappe unterhalb der Nadel zu öffnen.

„Siehst du, der Trick ist, dass sich unterhalb der Nadel noch eine kleine Spindel befindet die immer hin und her pendelt. Wenn die Nadel abwärts geht, fängt sie den Faden von der Nadel ein und zieht ihn fest."

Isabel war begeistert. So hatte sie sich eine Nähmaschine oder eine „Eiserne Nähmamsell" wie man diese Dinger auch nannte, nicht vorgestellt.

„ Und wie läuft die, auch mit einer Dampfmaschine?"

„Nein die treibt man mit den Füßen an. Normalerweise steht die Maschine auf einem kleinen Tischchen, aber das haben wir draußen in den Schuppen gestellt. Wir haben hier zu wenig Platz. Böckelmann ist ja auch eigentlich ein Uhrmacher."

„Wenn du so viel Platz benötigst, wo willst du denn dann eine Nähmaschine bauen?"

„Ihr habt doch den alten Verschlag, wo ihr damals Gunde untergebracht hattet."

„Und was soll ich meiner Mutter sagen?"

„Ich miete ihn von deiner Mutter an."

„Wir können sie ja fragen."

Henry bedeckte die Nähmaschine wieder. Sie traten aus der Werkstatt. Die Sonne blendete sie ein wenig, nach dem sich ihre Augen an den düsteren Raum gewöhnt hatten. Henry schloss die Tür wieder gewissenhaft ab, dann gingen sie zurück, durch das alte Stadttor auf der Ostseite Richtung Heepen.

Von der alten Stadtmauer war nicht mehr viel übrig. Viele Bauherren hatten sich an den Steinen bedient, denn zur Verteidigung wurde die Stadtmauer schon lange nicht mehr benötigt. Die Zeiten in denen es Kriege zwischen den einzelnen Fürstentümern gab waren seit 1815 vorbei. Seit dem in Wien auf einem Kongreß der Deutsche Bund beschlossen wurde. Auch die alten Wassergräben waren nur noch zu einem Teil vorhanden. Gespeist wurden sie von dem Bach Lutter. Dieser Bach entsprang auf einem Berg im Teutoburger Wald in der nähe des Hofes zu Olderdissen. Damals floss das Bächlein noch in Richtung Paderborn, also auf die andere Seite des Berges, aber da man für die Stadtbefestigung einen Wassergraben benötigte, und für den Wassergraben eben Wasser, leitete man den Bach einfach um in Richtung Stadt. Das war im

Mittelalter, und seit dem führte der Flusslauf durch die Stadt.

Im Winter machte es einen Heidenspaß auf dem zugefrorenen Graben Schlittschuh zu laufen. Henry hatte es ihr beigebracht. Für Isabel war das etwas ganz neues.

Vergnügt schlenderten sie weiter, bis sie bei der kleinen Hütte ankamen, wo Isabel mit ihrer Mutter wohnte. Edith saß vor der Hütte auf einem Holzbock. Sie hatte sich zurückgelehnt an die Holzwand und ihre Augen geschlossen. Sie schien den Frühling zu genießen.

„Hallo Mutter."

„Ist es nicht schön heute", antwortete Edith, ohne die Augen zu öffnen „die Sonne wärmt nicht nur, sie lindert auch die Schmerzen in meinen Gelenken."

„Es freut mich, dass es dir guttut. Mutter, ich und Henry wollen mit dir etwas besprechen."

„Bist du schwanger? Henry ich hatte eigentlich gedacht das du ein anständiger Junge bist."

Zum zweiten mal an diesem Tag konnte man Henry beobachten wie er bis über beide Ohren rot wurde. Edith beugte sich langsam nach vorne und schlug die Augen auf. Sogleich entdeckte sie den Ring an Isabels Hand.

„Oh Henry, du willst meine Tochter auch noch heiraten, einen Ring hat sie ja schon."

„Frau van Haag, ich...ich." stotterte Henry.

Mutter und Tochter brachen in schallendem Gelächter aus. Henry stand da wie ein begossener Pudel. Isabel war überglücklich, dass ihre Mutter den Humor nicht verloren hatte. Es war lange her, dass man Edith hat so lustig sehen können.

„Nun kommt schon, ich mache euch einen Tee."

Edith war schon im Haus verschwunden. Isabel folgte ihr rasch, drehte sich jedoch auf der Schwelle um und rief Henry, der dort immer noch mit hochrotem Kopf stand zu.

„Nu komm schon, sei nicht beleidigt."

Dann verschwand sie in der Hütte. Henry schüttelte ungläubig den Kopf und folgte ihr.

„Das ist ein sehr schöner Ring." Hörte er Edith sagen als er den Raum betrat. Sie hielt Isabels Hand und betrachtete das Schmuckstück

„Was ist das für ein Stein?"

„Henry sagt das ist ein Mondstein."

„Sehr hübsch", und dann zu Henry, „der war doch bestimmt teuer." Aber ehe er antworten konnte sagte Isabel

„Den hat er selber geschmiedet."

„Du bist sehr begabt Henry , ich hoffe du bist nicht böse wegen dem kleinen Scherz eben?"

„Nö."

Edith goss den Tee auf. „Und worüber wollt ihr mit mir reden ?"

„Über den Verschlag der an die Hütte angebaut ist."

„Was ist damit ?"

Henry erklärte ihr worum es ging. Edith war anfangs ein wenig skeptisch, als die Beiden ihr dann aber alles erklärt hatten war auch sie begeistert.

„Aber so könnt ihr den Verschlag doch kaum gebrauchen."

„Ich habe reichlich gespart, dann können wir auch noch ein par Bretter darum bauen. Einen Kamin baue ich auch."

„Einen Kamin ?" fragte Edith.

„Ja damit ich Eisen schmieden kann."

„Bist du jetzt auch Kaminbauer ?"

„Nein, aber ich kann lesen und der Meyer....."

Edith war erstaunt. Sie vereinbarten, dass Henry einen monatlichen Mietzins von drei Talern zu zahlen hatte.

Gesetz und Ordnung

Gleich am nächsten Sonntag ging es los. Henry hatte schon die benötigten Materialien vorbeigebracht.

Fast drei Monate brauchten sie um den Verschlag herzurichten, da ihnen ja nur die Sonntage blieben. Edith verstand auch warum er so viel Geld zur Verfügung hatte. Ein Arbeiter in der Fabrik verdiente höchstens zehn Taler am Tag. Henry verdiente aber mittlerweile schon fast das doppelte, denn Nähmaschinen konnte nicht jeder reparieren. Dazu kam noch, dass er seinem Ziehvater nicht viel abzugeben brauchte, so dass noch eine Menge übrigblieb. Henry steckte das ganze Geld in seine Werkstatt. Als sie dann endlich fertig waren schaute Henry stolz auf seinen Erfinderaum, wie er die Werkstatt nannte. Er hatte einige Bohrer, Sägen Feilen und Hämmer in einer Kiste verstaut, die er unter die auf der linken Seite angebrachten Arbeitsplatte gestellt hatte. Sein ganzer Stolz aber war seine zusammengebastelte Drehbank. Nur elf Quadratmeter war der Raum groß, aber er reichte für Henry völlig aus.

Als erstes hängte er eine Zeichnung in der Werkstatt auf, auf der eine Nähmaschine abgebildet war. Einmal von oben und einmal von der Seite. Jedes Teil der Maschine hatte er nummeriert. Dann legte er noch eine Mappe an, wo er jedes Teil noch einmal einzeln aufzeichnete und mit den Maßen beschriftete. Henry erklärte Isabel, dass es sich um ein verbessertes Wheeler & Wilson System handelte, was auch immer das sein mochte, Isabel fragte nicht danach.

Es dauerte fast ein Jahr, bis alle Teile gesägt, gedreht, gebohrt und geschliffen waren. Dann endlich am 16. Juni 1860 war es so weit. Sie hatten die erste Nähmaschine zusammengebaut. Um sie einzuweihen hatte Henry einen Krug Wein gekauft, und war früh am Sonntag morgen gekommen um die Maschine auszuprobieren.

Auch Isabel war früh aufgestanden. Sie erwartete Henry schon. Um so erfreuter war sie auch als es endlich klopfte, und Henrys vertraute Stimme fragte, ob er rein kommen dürfe. Isabel viel ihm um den Hals. Noch immer hatte sie den Ring von Henry, den sie jeden Sonntag aufsteckte. In der Woche lag er in einem kleinen Kästchen dass auf ihrem Fensterbrett stand. In der Fabrik war es verboten Schmuck zu tragen. Zu oft waren Arbeiterinnen mit einem Ring oder einem Armreif in die Maschinen gekommen. Nicht selten hatte dies dann den Verlust eines Fingers oder gar der Ganzen Hand zur Folge.

„Hallo Henry."

„Hallo Isabel, hallo Edith." Henry war inzwischen mit Edith per du.

Edith hatte schon Tee aufgegossen und stellte nun auch Henry eine Tasse hin.

„Seit ihr auch so aufgeregt." fragte er nervös.

„Ja." Antworteten Mutter und Tochter gleichzeitig.

Henry nippte an dem noch heißen Tee den er mit einem Löffel Kandis gesüßt hatte.

„Und wie fangen wir an?" fragte Isabel.

„Also als erstes fädeln wir das Garn....Oh Gott ich habe Garn vergessen, habt ihr eine Spule da?"

Edith grinste und nickte nur verständnisvoll. Hastig trank er seinen Tee und stand auf.

„Dann wollen wir mal." Dabei fischte er den Schlüssel für seine Werkstatt aus seiner Jackentasche und begab sich auf den Weg zur Tür. Edith eilte noch schnell in ihre Kammer um das Garn zu holen, und folgte dann den Beiden hinaus. Henry öffnete das Schloss und betrat feierlich seine kleine Werkstatt. Langsam zog er das Tuch von seiner Maschine. Als erstes bespulte er die Spindel die unterhalb der Nadel angebracht war. Die restliche Garnspule steckte er auf die Maschine und fädelte den Faden geschickt durch die Ösen bis hin zum Nadelöhr. Dann legte er die Lappen unter die Nadel. Er holte noch einmal tief Luft, dann trat er in die Pedale. Langsam ratterte die Maschine los und brachte wie von Geisterhand eine saubere Naht auf die Lappen.

„Es funktioniert", schrie er, zog die beiden aufeinandergenähten Lappen unter der Maschine her und prüfte die Festigkeit der Naht in dem er an den beiden Lappen zog.

„Jetzt müssen wir noch ein Typenschild anbringen." Geschickt zog er ein kleines Aluminiumplättchen unter der Werkbank hervor. Mit einem kleinen Meißel hämmerte er folgende Inschrift ein.

Typ: H.C. Schmidt
Baujahr: 1860
Nr: 0001

„Wofür steht das C in deinem Namen?" Wollte Isabel wissen.

„Für Carl, meinen zweiten Vorname."

Man erfährt doch immer etwas neues, dachte Isabel.

„Dann lass uns mal feiern", rief Henry und öffnete den Weinkrug. Von einem Regal nahm er drei Gläser, reichte jedem eins und schenkte den Wein ein. Es war ein süßer roter.

„Auf die erste Schmittsche Nähmaschine."

„Auf dich Henry", riefen Mutter und Tochter. Henry war stolz.

„Warum hast du das nicht deinem Ziehvater und den anderen auf dem Hof erzählt?" fragte Edith. Henry erklärte ihr, dass es Vater immer noch nicht überwunden hatte, dass er nicht in seine Fußstapfen getreten war, um einmal Verwalter zu werden.

„Jetzt möchte ich tanzen gehen," rief Henry, „und mal so richtig auf die Pauke hauen."

„Geht nur, ich bin froh wenn ich mal Ruhe habe."

„Na gut, dann wünsche ich dir noch einen schönen Tag." sagte Henry und war bereits im Begriff zu gehen. Isabel drückte ihrer Mutter noch einen Kuss auf die Wange, dann ging es los. Noch nie hatte Isabel Henry so ausgelassen gesehen. Er sprang über Pfützen, pflücke sich ein kleines Sträußchen Feldblumen und steckte es sich an sein Revers.

In Bielefeld angekommen betraten sie ein Wirtshaus mit dem Namen, Am Siekerwall.

„Zwei Schweinshaxen mit Klößen und zwei Krüge Bier." Henry setzte sich an einen Tisch. Auch Isabel nahm Platz. Nach kurzer Zeit hatten sie das Essen vor sich auf dem Tisch stehen, und aßen bis nichts mehr reinpasste. Isabel wurde ein wenig schummrig. Erst das Glas Wein und jetzt der Krug Bier, sie war den Alkohol nicht gewohnt, aber Henry trank lustig weiter.

„Ein Glück, dass die Ravensberger Spinnerei gebaut wurde. Sie hat Technik und Fortschritt nach Bielefeld gebracht", tönte Henry.

„Psst Henry, nicht so laut."

„Warum, stimmt etwas nicht?"

„Vielleicht sehen das einige Leute hier anders ."

„Wer denn?" fragte er etwas leiser.

„Na zum Beispiel die Leute da drüben an dem anderen Tisch. Die kommen aus Brackwede und sind von einem Konkurenzunternehmen der Ravensberger Spinnerei."

„Ach die sind von der Fabrik VORWÄRTS. Das sind doch alles arme Heuerlinge aus der Senne." Ein großgewachsener Mann stand auf und schrie zu Henry herüber.

„Unser Brötchengeber, die Gebrüder Bozi, sind wenigstens nicht solche Ausbeuter wie eure Aktionäre, allen voran dieser Delius."

Auch Henry sprang auf und brüllte. „Bozi, das ich nicht lache. Ungarische Bauernknechte sind das."

Der Bursche stieß wütend seinen Stuhl um, auch die anderen zwei Kerle an seinem Tisch waren aufgestanden. Er war gerade im Begriff auf Henry loszustürmen, da löste sich ein drahtiger Kerl, der ungefähr genau so alt wie Henry war, von der Theke und baute sich vor dem Burschen auf.

„Nun bleibt doch Beide mal ruhig, wir wollen doch keinen Streit..." Weiter kam er nicht. Die Faust des Burschen traf ihn in den Magen, und er taumelte zurück. Isabel wollte Henry noch zurückhalten, kam jedoch nicht dazu. Henry war schon auf die Eckbank gestiegen, hechtete auf den Burschen zu und riss ihn zu

Boden. Und schon war eine erstklassige Wirtshausschlägerei in Gang. Isabel verkroch sich unter der Eckbank von der aus Henry losgesprungen war. Schreie, Trillerpfeifen, jemand schrie nach der Polizei.

Kurze Zeit später waren sie auch schon da, prügelten auf die Kontrahenten ein und zogen sie dann auf die Straße.

Isabel brauchte ein par Minuten um sich zu beruhigen, dann kroch sie unter der Eckbank hervor. Im Schankraum sah es wüst aus. Ein Tisch und einige Stühle waren zu Bruch gegangen. Glasscherben lagen herum. Draußen hörte sie den Wirt schreien.

„Diese Halunken. Bestimmt 100 Taler Schaden....."

Als Isabel aus der Tür trat konnte sie erkennen, wie der Bielefelder Kommissar mit Hilfe der Bürgerwehr die gefesselten Randalierer auf einen Eselskarren verfrachteten und dann abfuhren. Isabel rannte hinterher.

„Wo bringt ihr sie hin."

„Ins Rathaus, dort wird die Strafe verhängt. Keine Angst Mädchen, wir reißen ihnen nicht die Köpfe ab, aber Strafe muss sein", antwortete der Kommissar.

Im Rathaus wurden sie dem Richter vorgeführt. Isabel durfte nicht dabei sein, und so musste sie vor dem Saal warten. Nach einer halben Stunde konnte es sich Isabel nicht mehr verkneifen an der Tür zu lauschen, wo sie den Richter grade noch schreien hörte.

„.........mir ist egal wer damit angefangen hat. 200 Taler Ordnungsstrafe oder 14 Tage Einzelhaft, und für den entstandenen Schaden kommt ihr auch auf."

Ein Hammer wurde auf Holz geschlagen, dann ging die große Eichentür zum Saal auch schon auf. Heraus traten die fünf Kontrahenten. Auch Henry war dabei. Er machte einen mitleiderregenden Eindruck. In Handschellen, mit rotunterlaufenen Auge und aufgeplatzter Unterlippe hinkte er aus dem Gerichtssaal. Tröstend für sie war nur, dass es die Anderen ähnlich schlimm erwischt hatte. Da keiner von ihnen genügend Geld dabei hatte wurden sie in das Gefängnis der Stadt gebracht, das man unterhalb der Sparrenburg gebaut hatte.

Weinend rannte Isabel nach Hause.

*

Ein Riegel wurde von der Tür weggezogen, die Stimme des Aufsehers drang an Henrys Ohr.

„Aufstehen! Du kannst nach Hause gehen, jemand hat die Strafe für dich bezahlt."

Henry tastete nach seinem Kopf. Es fühlte sich an, als sei in seinem Kopf eine Bombe explodiert. Alle Glieder taten weh. Ob das an der harten Holzpritsche in dem Verließ oder an der gestrigen Prügelei lag vermochte er nicht zu sagen. Langsam tastete er nach seinem rechten Auge. Es war angeschwollen, so dass er auf dieser Seite fast nichts mehr sehen konnte. Auch seine Lippe schmerzte entsetzlich.

„Aufstehen habe ich gesagt."

„Aua mein Kopf."

„Dann musst du eben nicht so viel saufen."

„Wer hat die Strafe bezahlt?"

„Geht mich nichts an, komm jetzt."

Unten angekommen wurde er in einen Raum geführt, wo der Oberaufseher hinter einem schweren Schreibtisch bereits Platz genommen hatte. Auch sein neuer Freund von gestern Abend, der drahtige Typ saß schon da.

„Setzen", sagte der Aufseher knapp.

„Henry Carl Schmidt."

„Ja."

„Sie müssen noch diese Papiere unterschreiben, dann sind sie frei."

„Wer hat denn die Strafe bezahlt?"

„Wartet draußen." Kann der Kerl auch ganze Sätze sagen, dachte Henry im Stillen.

Aus dem dunklen kühlen Verließ traten sie als freie Männer in die Morgenluft. Kaum draußen angekommen fuhr ihm auch schon der Schreck in die Glieder. Da stand nicht etwa Isabel oder Henrys Ziehvater, sondern der Uhrmacher Böckelmann

„Was glaubt ihr wer ihr seid." So wütend hatte er ihn noch nie gesehen. Seine Stimme überschlug sich, Adern traten an seinen Schläfen hervor.

„Ich kann das erklären...", begann Henry aber es half wenig. Die Stimme von Herrn Böckelmann dröhnte erbarmungslos in seinem Kopf.

„Ich habe heute morgen drei Nähmaschinen zur Reparatur angenommen, und dann erfahre ich, dass meine Aushilfen im Gefängnis sitzen. Die Strafe ziehe ich euch vom Lohn ab und den Schaden beim Wirt auch." Dann stiefelte er auch schon los, drehte sich aber gleich wieder um.

„Von Nicolaus habe ich das ja schon fast erwartet, aber Henry du bist doch ein anständiger Junge."

„Nicolaus,...erwartet,...Aushilfe...?" Stotterte Henry. Er drehte sich zu dem drahtigen Kerl um doch der grinste ihn nur an. Er hatte eine rote Nase die angeschwollen war.

„Hallo Kollege", meinte er ohne mit dem Grinsen aufzuhören. Henry war schwindelig er musste sich übergeben.

„Das kommt vom Saufen", konnte man Herrn Böckelmann schreien hören. Nikolaus griff ihm unter die Arme und half ihm auf die Beine.

„Komm Junge das geht vorbei." Dann machten sie sich auf in die Werkstatt. Zügig schritt Herr Böckelmann voran, und die beiden lädierten Helden hinkten, sich gegenseitig stützend hinterher.

Im Haus des Uhrmachers wurden sie schon von seiner Ehefrau erwartet.

„Oh Gott," entfuhr es ihr als sie die Beiden sah, „Wie seht ihr denn aus. Geht euch erst mal im Hof waschen, und dann brühe ich euch einen starken Kaffee."

Die Beiden trotteten dankbar hinaus auf den Hof. Bis auf die Straße hinaus konnte man die Eheleute streiten hören.

„Nix da Kaffee und Frühstücken, jetzt wird gearbeitet. Wer saufen kann der ..."

„Ach hör auf, als du jünger warst da kann ich mich noch gut an das Jahr 1848 erinnern, auf dem Johannisberg mit dem Rudolf Rempel..." Schweigen. Der Uhrmacher trat in den Hof und ging zielstrebig auf die Tür seiner Werkstatt zu. Beim

Aufschließen der Tür drehte er sich noch einmal um und sagte.

„Macht hinne Jungs, ich brauche euch."

Als die Beiden in die Wohnstube zurückkehrten, standen schon zwei dampfende Tassen Kaffee auf dem Tisch.

„Setzt euch Jungs, euch hat man ja ganz schön zugerichtet." Vorsichtig nippten die Beiden an den Tassen. Die Frau legte Henry ein feuchtes Tuch auf sein Auge. Henry war dankbar, und presste ein kühles Tuch auf seine Blessur.

*

Nach Feierabend ging Henry noch zum Bäcker und kaufte einen Topfkuchen, den er sich in Packpapier einwickeln ließ, dann machte er sich auf den Weg zur Ravensberger Spinnerei, wo er auf Edith und Isabel wartete. Als Isabel aus der Fabrik kam und Henry dort stehen sah lief sie los und viel ihm um den Hals.

„Da bist du ja schon, wie bist du denn aus dem Gefängnis gekommen?"

„Mein Meister hat die Strafe bezahlt."

„Das freut mich, aber du siehst ja schrecklich aus." Auch Edith kam jetzt aus der Fabrik.

„Junge was machst du denn für Sachen, Isabel hat die ganze Nacht geweint."

„Es tut mir leid," gab er kleinlaut zu, „ich habe euch auch was mitgebracht. Als Entschuldigung sozusagen."

„Ich hoffe es war dir eine Lehre." meinte Edith. Isabel hakte sich bei Henry unter. Gemeinsam machten sie sich auf den Weg in Richtung Heepen.

„Sag mal Henry, wie stellst du dir das eigentlich vor. Brauchst du jetzt für die nächste Nähmaschine auch wieder ein Jahr?" fragte Isabel.

„Nein, ich habe da schon seit längerem eine Idee."

„Erzählst du sie uns", fragte Edith.

„Natürlich", gab Henry entrüstet von sich. Dann berichtete er aber erst was er im Gefängnis erlebt hatte, wie Herr Böckelmann sie rausgeholt hatte und wie seine Ehefrau sich um ihn gekümmert hatte. Dann erzählte er noch von seinem neuen Arbeitskollegen, einem gewissen Nicolaus Dürrkopp, der ihn nun bei der Arbeit unterstützen sollte. Als er mit seiner Erzählung fertig war, waren sie auch schon bei der Hütte. Edith kochte noch einen Tee, und sie packten den Topfkuchen aus, von dem sie dann genüßlich aßen.

„Nun sag schon Henry, du wolltest mir und meiner Tochter von deiner Idee erzählen."

„Ach ja, wartet ich hole gerade meine Unterlagen aus der Werkstatt." Er stand auf und eilte hinaus. Nach einer Minute war er wieder da, legte seine Mappe vor sich hin und setzte sich auf seinen Stuhl.

„Seht ihr, in dieser Mappe habe ich alle Einzelteile für die Maschine aufgezeichnet. Das Problem ist nur, dass ich für die Herstellung der Teile zu viel Zeit benötige. Ich habe aber nur an den Sonntagen Zeit."

„Aber wie willst du das ändern, willst du aufhören bei Böckelmann zu arbeiten?"

„Nein ich will die meisten Teile bei einem Schmied herstellen lassen."

„Aber dann kann der Schmied doch auch gleich die Maschine bauen, und dann gehst du leer aus", schlussfolgerte Edith.

„Daran habe ich auch schon gedacht, und da ist mir folgendes eingefallen. Wenn ich die Teile bei verschiedenen Schmieden herstellen lasse, dann weiß niemand was für eine Maschine ich baue."

„Wie soll das denn funktionieren?" Isabel war noch immer skeptisch.

„Na zum Beispiel Teil eins, zwei und drei bei einem Schlosser in Detmold. Teil Vier fünf und sechs bei einem Schlosser in Herford, und so weiter. Einige Teile werden ohnehin in jedem Eisenwarenhandel angeboten, wie Schrauben, Nadeln oder Stangen die dann nur zurechtgesägt werden müssen."

„Lohnt sich das denn", hakte Isabel nach.

„Das wertvollste an den Maschinen ist, dass man weiß wie sie zusammengebaut werden. Wenn ich alle Teile herstellen lasse bezahle ich für das Material ungefähr 200 Taler, dann bauen wir sie zusammen und verkaufen sie für 800 Taler. Eine Maschine aus Amerika kostet 1000 Taler."

„Und wovon willst du die Teile bezahlen?"

Bevor Henry antworten konnte klopfte es an der Tür. Ein Elegant gekleideter Mann trat ein.

„Guten Tag. Wo finde ich hier Henry Schmidt?"

„Der bin ich. Kommen sie wegen der Maschine?"

„Ja."

„Dann sind sie Herr Rathe."

„Ja"

„Ich komme schon." Er stand auf zwinkerte den beiden Frauen zu und meinte „Mein erster Interessent". Und eilte hinaus. Mutter und Tochter schauten sich nur fragend an. Nach zwanzig Minuten kam Henry wieder rein. Draußen hörte man eine Pferdekutsche davonfahren. Triumphierend setzte er sich zurück auf seinen Platz und hielt einen Lederbeutel in die Luft. Langsam, fast schon genüßlich schüttete er den Inhalt auf dem Tisch aus. Es kullerten lauter Taler über den Holz.

„750 Taler für meine erste Nähmaschine, verkauft an einen Detmolder Fabrikanten. Jetzt wisst ihr wie ich die Teile bezahle."

Mutter und Tochter saßen noch immer schweigend da und kamen aus dem Staunen nicht mehr raus. Henry packte das Geld zurück in seinen Beutel, und wollte sich verabschieden.

„Warum hast du die Maschine nach Detmold verkauft?" wollte Isabel wissen.

„Muss ja nicht jeder in Bielefeld erfahren, dass ich Nähmaschinen baue. Allerdings habe ich noch ein Problem, meinen Ziehvater, der wird mir was erzählen. Der weiß das mit der Polizei bestimmt schon."

„Ja", gab Isabel zu, „er war gestern abend hier und hat nach dir gefragt, weil du nicht nach Hause gekommen bist. Dein Vater war sauer und er meinte er würde die Strafe nicht bezahlen. Du solltest die zwei Wochen ruhig im Gefängnis schmoren."

„Das habe ich mir schon gedacht. Na gut da muss ich dann durch. Tschüss dann ihr Beiden."

Er nahm den Beutel mit den Talern und ging.

Der Streik

Die Monate vergingen. Edith und Isabel machten sich wieder daran in ihren üblichen Alltagstrott zurückzugelangen. Es war wieder Winter geworden in Bielefeld. Schnee bedeckte die Hänge des Teutoburger Waldes. Es war wieder die Zeit der Erkältungen, Mandelentzündungen und Lungenentzündungen. Wieder starben Arbeiter und Arbeiterinnen die aus der feuchtwarmen Fabrik in die kalte Abendluft nach Hause entlassen wurden.

Die Fabrik wurde für die Frauen unerträglich. Die Bahnlinie der Köln - Mindener Eisenbahn sorgte permanent für Nachschub an Flachs, Heizmaterial und anderen Materialien die aus dem gesamten Umland herangeschafft wurden. Isabel war mittlerweile zur Arbeiterin in der Haspelei aufgestiegen. Sie verdiente nun zwei Silbergroschen mehr am Tag. Nun erfuhr sie auch warum die Spindeln in der Haspelei umgespult wurden. Das war nötig, damit das Garn in der Weberei gleich weiterverarbeitet werden konnte. Außerdem trocknete das nasse Garn so schneller.

Die neueste Idee die sich die Fabrikherren einfallen ließen waren die sogenannten Schandtafeln. Diese wurden im Eingagsbereich der Fabrik aufgehängt. Wenn ein Arbeiter oder eine Arbeiterin eines Vergehens beschuldigt wurde, so wurde dies auf den Schandtafeln, die überall von jedem zu sehen waren vermerkt.

Es reichte schon aus wenn jemand zu spät zur Arbeit kam, oder bei der Arbeit ein Fehler gemacht wurde, um mit Namen und Abteilung auf den Schandtafeln zu erscheinen. Dann begann für die Arbeiter und Arbeiterinnen ein wahres Spießrutenlaufen, so dass sie sich genötigt sahen freiwillig zu kündigen.

Das schlimme daran war, dass damit auch das Einkommen ganzer Familien nicht mehr gesichert war. Zudem wohnten viele Beschäftigte der Ravensberger Spinnerei in werkseigenen Hütten. Diese mussten dann im Falle der Kündigung innerhalb von vierundzwanzig Stunden geräumt werden. Viele Familien wurden dann regelrecht herausgeworfen, und ihnen blieb nur der schwere Gang ins Armenhaus. So wuchs immer mehr der Unmut über die Zustände die in der Fabrik herrschten.

Häufig redeten sie in der Haspelei darüber. Die Frauen hatten genug davon, immer mehr in ihren Rechten beschnitten zu werden.

Vor über 10 Jahren war den Frauen erst verboten worden eine eigene Zeitung zu veröffentlichen. 1851 erließ der Kaiser erst das Gesetz, zu Vereinen und politischen Versammlungen wonach es Frauenspersonen, Schülern und Lehrlingen untersagt war als Mitglieder beizutreten. Selbst anwesend seien durften Frauen bei solchen Versammlungen nicht.

Im Winter kam es dann wieder zu einem Streik. Die Hasplerinnen und die Caderriearbeiterinnen legten die Arbeit nieder. Sie forderten die Abschaffung der Schandtafeln, Verkürzung der Arbeitszeit auf 10 Stunden pro Tag und eine Lohnerhöhung um 25%. Wieder ging dieser Streit für die Frauen verloren. Dadurch, dass die Fabrikarbeiter in der Hechelei auch gestreikt hatten, mussten die Maschinen bei den Spinnerinnen auch abgestellt werden, und so lief bis zum Abend keine einzige Maschine mehr. Zwei Tage konnten die Frauen den Streik aufrecht halten, dann kam Streit auf. Die Mehrzahl der Frauen wollte wieder arbeiten gehen, denn sie konnten sich den Verdienstausfall nicht leisten. Isabel war entschlossen weiterzumachen. Sie dachte immer noch an Frau Kartowitz, die im vergangenen Frühjahr an einer Lungenentzündung verstorben war. Der Zusammenbruch des Aufstands war jedoch nicht zu verhindern. Am 3. Tag standen die Frauen wieder pünktlich um fünf Minuten vor sechs Uhr an ihren Maschinen. Auch Isabel fühlte sich nicht zur Einzelkämpferin berufen und wollte weiterarbeiten.

Als sie jedoch die Schandtafeln sah, entdeckte sie gleich ihren Namen. Sie wurde des Ungehorsams gegen die Vorgesetzten und Aufwiegelung von Arbeiterinnen bezichtigt.

Weinend rannte sie aus der Fabrik. Edith wollte ihr erst hinterherrennen, dachte dann aber an ihren Arbeitsplatz, den sie nicht auch noch verlieren wollte.

Es war kalt. Sie hustete wieder stark. Sie beeilte sich um an ihren Arbeitsplatz zu kommen.

*

Herr Böckelmann kam in die Werkstatt, wo Henry und Nicolaus, den sie alle nur Nik nannten, arbeitete.

„Henry, kommst du mal", rief Herr Böckelmann ín die Werkstatt.

Als Henry nah genug an ihn herangetreten war flüsterte er.

„Da draußen ist eine junge Dame für dich."

„Danke." Henry wollte schon raustreten, denn er dachte gleich an Isabel doch Böckelmann hielt ihn am Arm fest.

„Ich hoffe du hast nicht wieder Unsinn gemacht. Noch mal hole ich dich nicht aus dem Gefängnis", zischte er, aber Henry beruhigte ihn.

„Sie brauchen sich keine Sorgen zu machen, ich bin anständig, Ehrenwort Meister."

Böckelmann nickte zustimmend, dann ließ er Henry gehen. Draußen stand Isabel. Henry konnte sofort erkennen, daß sie weinte. Er eilte zu ihr und nahm sie in den Arm.

„Was ist denn los."

„Die Schandtafel...die Fabrik...mein Name war auch drauf." Dann konnte sie nicht mehr reden, nur noch weinen.

„Aber Isabel sieh doch mal. Jetzt brauchst du auch nicht mehr für die Fabrikbonzen zu arbeiten, und dich schinden lassen."

„Kindchen was machst du denn da draußen in der Kälte." Frau Böckelmann kam aus dem Haus geeilt.

„Sie ist ihre Arbeit in der Ravensberger Spinnerei los", antwortete Henry für sie.

„Ja dann komm doch erst mal rein, ich mache dir eine heiße Milch mit Honig."

Mütterlich packte Frau Böckelmann sie am Arm und zog sie ins Haus. „Mach dir keine Sorgen Henry, du kannst ruhig wieder an die Arbeit gehen", rief ihm Frau Böckelmann zu.

Isabel stammelte nur. „Henry tut mir leid, aber ich wusste nicht wohin ich soll."

„Ist schon gut Isabel."

Henry ging zurück an die Arbeit. Er wusste, dass Isabel bei Frau Böckelmann gut aufgehoben war.

„Na war das deine Verlobte?" Fragte Nik

„Na ja, Verlobte nicht gerade, aber wir sind schon eine ganze Weile befreundet."

„Aber es war ein hübsches Mädchen."

„Ja sie ist wirklich sehr hübsch, und ich mag sie auch."

„Du bist verliebt." Nikolaus knuffte Henry in die Seite und grinste dabei. Henry hatte in den vergangenen Monaten viel über Nik erfahren. Er hatte zwischen 1856 und 1859 eine Lehre als Uhrmacher in Herford absolviert. Schon damals begeisterte er die Prüfungskommission mit seinen Kenntnissen im Bereich der Feinmechanik. Auch wusste er viel besser über die Materialien Bescheid die sie verwendeten. Henry dagegen hatte mehr Ahnung von Nähmaschinen. Die Beiden ergänzten sich prächtig. Nik stammte aus einer armen Bürgerlichen Familie. Nach seiner Lehre war er ein Jahr umhergezogen. Er hatte in Berlin, Bremen und Hamburg gearbeitet und viel gesehen. Sein Vater war mit Herrn Böckelmann befreundet, und so erhielt er bald einen Brief von seinem Vater der ihm auftrug bei seinem alten Freund vorstellig zu werden.

Nik konnte Henry noch eine ganze Menge beibringen. Er erklärte aus welchen Materialien Messing geschmolzen wurde und viele andere Metalllegierungen. Wie aus Erz Metall gewonnen wird, und wie man Eisen härtet.

Auch wie Stahl gewonnen wurde konnte Henry von Nik erfahren. Henry dagegen stellte sich bei der Reparatur von Nähmaschinen etwas geschickter an. Dass er Sonntags selber Nähmaschinen baute hatte er immer noch keinem verraten.

„Es wird immer mehr Arbeit", meinte Nik.

„Stimmt wir brauchen bald noch eine Hilfskraft."

„Ich werde heute mit dem Meister reden."

„Nur woher soll der noch Aushilfen bekommen. Nähmaschinen kann nicht jeder reparieren."

„Das stimmt Henry und wenn, müssen wir die erst mal wochenlang anlernen, aber ich kenne da noch Freunde, vielleicht kann ich die ja nach Bielefeld holen. Die Bezahlung beim Meister ist ja gut."

„Und sind die auch Uhrmacher."

„Ja, und ich habe denen schon einen Brief geschrieben. Der eine ist aus Berlin und heißt Karl Baer, und der Andere heißt Heinrich Koch und kommt aus einem Kaff bei Magdeburg.

„Und ist der Meister einverstanden.?"

„Muss er, denn ich muss meinen Militärdienst antreten, musst du nicht zum Militär?"

„Nein meine Eltern waren Engländer."

„Haste aber Glück gehabt."

Henry antwortete nicht, und machte sich wieder an die Arbeit.

*

Henry machte heute etwas eher Feierabend. Herr Böckelmann hatte nichts dagegen. Er beeilte sich um zur Hütte seiner Freundin und ihrer Mutter zu kommen. Isabel hatte Hausputz gemacht. Sie fegte gerade den Dreck aus der Tür als sie Henry kommen sah. Sie begann gleich wieder zu weinen, und Henry nahm sie in den Arm.

„Jetzt muss meine Mutter alleine in de Fabrik arbeiten, und wir haben noch weniger Geld."

„Aber sei doch froh, dass du da nicht mehr arbeiten musst, was meinst du wie lange du das noch durchgehalten hättest."

„Aber mit dem bisschen Geld, das meine Mutter jetzt alleine verdienen muss."

„Dann bau doch die Nähmaschinen weiter die ich entwickelt habe. Im Moment schaffe ich im Monat höchstens eine Nähmaschine zu bauen. Du warst jeden Sonntag mit mir in der Werkstatt, du schaffst das auch alleine."

Isabel lächelte. Henry hat doch immer ein Idee, dachte sie.

„Komm lass uns ins Haus gehen Henry."

Sie lehnte sich zurück und schaute Henry lange in die Augen. Henry beugte sich nach vorne und gab ihr einen Kuss auf den Mund. Isabel dachte sie würde im Himmel schweben.

„Ich liebe dich Isabel", flüsterte er. Isabel schaute ihn lange mit großen Augen an.

„Ich dich auch, und ich bin glücklich, dass ich dich habe." Ihr Herz klopfte wie verrückt. „Jetzt lass uns ins Haus gehen, es ist kalt. Ich mache uns einen Tee, und dann warten wir auf meine Mutter."

Abends um halb neun kam Edith nach Hause. Müde schritt sie zur Tür herein, hängte ihren Mantel an den

Haken neben der Tür und ließ sich auf einen Stuhl fallen.

„Es tut mir leid Mutter."

„Was tut dir leid."

„Das ich meine Arbeitsstelle los bin."

„Das muss dir nicht leid tun. In Söredom, als die Bürgerversammlung im Rathaus stattfand, da durften wir Frauen auch etwas dazu sagen, hier dürfen wir ja nicht mal an einer politischen Versammlung teilnehmen. Nein nein Isabel du bist nicht Schuld daran."

„Und du bist nicht böse?"

„Ach was, das war richtig mit dem Streik. Mit den Schandtafeln das ist doch das Letzte. Wenn ich jünger wär, und nicht so dringend auf das Geld angewiesen wäre hätte ich auch mitgemacht. Dein Vater wäre stolz auf dich gewesen."

„Edith, du brauchst dir keine Sorgen wegen dem Geld zu machen", sagte Henry. Dann erklärte er ihr, dass er Isabel die Nähmaschinen weiterbauen lassen würde, und ihr dafür den Lohn zahlt den sie ansonsten in der Ravensberger Spinnerei verdient hätte.

„Das musst du aber nicht machen Henry."

„Ach was Edith, ich verdiene gut an den Nähmaschinen, und daran kann ich euch ruhig beteiligen."

Edith lehnte sich zurück. „Dann wäre ja alles geklärt. Ich möchte jetzt jedenfalls nur noch ins Bett gehen. Gute Nacht Henry."

„Gute Nacht Edith, gute Nacht Isabel ich werde jetzt auch gehen."

Fröhlich trollte sich Henry nach Hause. Er fühlte sich wahnsinnig glücklich. Er begann zu singen. Er hatte heute zum ersten mal Isabel geküsst.

*

Henry hatte verschlafen . Gestern abend war er zu spät eingeschlafen. Er musste die ganze Zeit an Isabel denken. Als er merkte wie spät es war, sprang er aus dem Bett, zog sich an und rannte los in Richtung Stadt. Hoffentlich ist der Meister Böckelmann nicht böse, wenn ich zu spät komme, dachte er.

Außer Atem kam er endlich bei der Werkstatt an und öffnete die Tür. Was er da zu sehen bekam verschlug ihm die Stimme. Dort stand eine seiner Nähmaschinen auf dem Arbeitstisch.

„Ah Henry, gut dass du kommst", sagte Herr Böckelmann, „wir haben hier ein neues Modell, ich habe so etwas noch nicht gesehen, vielleicht schaust du dir das mit Nikolaus mal gemeinsam an."

Nik stand neben dem Meister und hatte wieder sein hämisches Grinsen aufgesetzt. Henry kannte dieses grinsen, und er hätte ihm in diesem Augenblick am liebsten eine reingehauen, aber er konnte sich beherrschen.

„Ich schaue mir das gleich mal an", grummelte Henry und hängte seine Jacke auf. Herr Böckelmann ging wieder zurück in seinen Uhrenladen. Er hatte schon lange nichts mehr am Hut mit den Nähmaschinen, er kümmerte sich lieber um Uhren, das war seine Welt.

Nik grinste immer noch.

„Na Henry, was meinst du. Das Schiffchen hat sich verklemmt, ist wohl ein Materialfehler."

„Das ist kein Materialfehler, da ist falsch mit umgegangen worden." Er trat an die Maschine heran. Erst jetzt sah er, dass das Typenschild abgeschraubt war.

„Woher willst du denn wissen, dass das kein Materialfehler ist", grinsend zog er das Typenschild aus seiner Tasche und hielt es ihm triumphierend vor die Nase.

„Habe ich abgeschraubt bevor der Meister kam."

Jetzt haue ich ihm eine rein. Henry holte grade zum Schlag aus, da traf ihn schon der Kinnhaken von Nik. Henry taumelte zurück zur Tür, kippte dagegen und rutschte dann an dem Holz herunter auf den Boden. Nik grinste immer noch, und warf ihm das Typenschild zu.

„Bleib mal locker Junge. Ich will dir nichts tun. Ich habe auch schon lange über den Bau einer eigenen Nähmaschine nachgedacht, übrigens war das eine gute Idee mit der unter der Nadel hin und her pendelnden Spindel."

Henry hatte sich inzwischen wieder aufgerappelt und schaute sich die Maschine an.

„Das Schiffchen ist gebrochen?" fragte er und machte sich an der Maschine zu schaffen.

„Hallo Henry, hör mal zu, ich habe gesagt ich habe auch schon über den Bau einer eigenen Nähmaschine nachgedacht."

„Nachgedacht, aber ich habe eine gebaut." Henry war noch immer sauer.

„Eine? Auf dem Typenschild stand 004."

„Na und."

„Hör mal, weder du noch ich können eine Firma alleine gründen, warum tun wir das nicht zusammen?"

„Ich überleg´s mir."

„Komm heute abend mit zu mir, ich zeige dir meine Zeichnungen." Henry achtete überhaupt nicht mehr auf Nik.

„Das Schiffchen ist abgebrochen weil man auf die Spindel zu viel Garn aufgewickelt hat, dann hat es sich verklemmt und irgend ein Trottel hat dann mit Gewalt weitergedreht, aus wars mit der Nähmaschine. Wir müssen eine passende Halterung nachbauen".

*

„Siehst du das sind meine Entwürfe. Ich habe darauf geachtet, daß wir weniger Teile benötigen. Viele Teile sind vereinfacht worden, oder angepaßt, so dass wir ungefähr ein Drittel weniger Teile zusammenbauen müssen."

Henry saß in der kleinen Wohnstube von Niks Junggesellenbude am Tisch und schaute sich interessiert seine Zeichnungen an.

„Aber die meisten Teile sind aufwendiger zu fertigen."

„Das schon, aber du willst ja nicht nur eine Maschine bauen oder? Du willst hunderte verkaufen, und dann stellt jeder Arbeiter ein Teil her, und einer baut sie zusammen."

„Du meinst das funktioniert."

„Ich habe so etwas mal in Berlin gesehen wo Lokomotiven gebaut wurden. Das ist zwar eine

Nähmaschine, aber die Herstellungsweise ist die selbe."

„Nicht schlecht, aber wir Beide zusammen."
„Warum nicht."

Henry schaute sich im Zimmer um. In einer Ecke entdeckte er ein Regal. Er stand auf, und schritt darauf zu. Technik und Industrie, Maschinenbau und weitere Bücher aus diesem Bereich standen dort.

„Da schaust du was. Habe ich aus Berlin und Hamburg mitgebracht. Die sind da schon ein wenig weiter als hier in Bielefeld."

„Warum bist du dann nach Bielefeld gekommen."

„Gute Voraussetzungen", antwortete Nik knapp.

„Die Spinnereien, Webereien und Wäschefabriken die gerade entstehen und nicht zuletzt die Köln - Mindener Eisenbahn, die es möglich macht, schnell Material anliefern zu lassen oder Maschinen zu verschicken."

Henry war schon in einem Buch vertieft. Aufgeregt blätterte in den Seiten.

„Die sind sehr interessant", meinte Henry.

„Hör mal, ich muss in einem Monat zum Militär."
„Schon?"

„Ja, mit dem Meister habe ich auch schon geredet, nächste Woche kommen zwei Freunde von mir nach Bielefeld, die machen dann für mich weiter."

„Wie lange bist du weg?"

„Der Dienst dauert zwei Jahre, danach gründen wir die Fabrik."

„Warum nicht", sagte Henry.

„Und ich gebe dir die Bücher für die Zeit, in der ich beim Militär bin. Es gibt einige Bereiche in denen du noch was lernen kannst."

„Einverstanden."

Die Beiden gaben sich die Hand und besiegelten ihr Vorhaben. Es klopfte an der Tür. Nik rief den Besucher herein. Zwei dicke Frauen betraten den Raum, die die vierzig Jahre wohl schon überschritten haben mochten.

„Hallo Nikolaus", riefen sie kichernd und die eine warf sich Nik gleich um den Hals. Die die sich Nik an den Hals warf hatte ein seidenes knallrotes Kleid an. Die Andere war zwar etwas dünner aber ihr fehlten die oberen beiden Schneidezähne.

„Aber Nik", rief die Schneidezahnlose, die sich nicht an Nik herangemacht hatte, „du hast uns überhaupt nicht erzählt was du für einen hübschen Freund hast." Mit diesen Worten setzte sie sich auf Henrys Schoß. Ihr Mund kam dem seinen verdächtig nah. Eine Wolke die nach Parfüm, Tabak und Wein roch schlug ihm entgegen.

„Na mein Süßer, ich bin die Magdalena, und wie heißt du?"

„Henry, aber ich wollte eh gerade gehen."

„Aber Henry", stöhnte sie „der Abend wird doch erst interessant. Wollen wir uns nicht eine schöne Nacht machen."

Henry saß wie versteinert da und schaute hilfesuchend zu Nik rüber. Der hatte nun wieder sein hämisches Grinsen aufgesetzt. Die linke Hand Magdalenas näherte sich seinem Schritt. Nik war mit seiner Liebhaberin schon dabei sich gegenseitig auszuziehen. Henry nahm seinen ganzen Mut zusammen, packte die anhängliche Dame, hob sie mit einem Ruck hoch und setzte sie auf dem Tisch ab. Dann stürmte er zur Tür, griff nach seiner Jacke und rannte in die kalte Abendluft hinaus. Hinter sich hörte er schallendes Gelächter. Durch die dunklen und kalten Gassen schlenderte er langsam nach Hause. Der Nik ist echt verrückt, aber ich brauche wirklich einen Partner, dachte er.

Als er am nächsten Morgen in die Werkstatt kam, war Nik noch nicht da. Er kam etwas später und machte einen erschöpften Eindruck. Das hinderte ihn aber nicht daran zu grinsen.

„Na, hast du noch nie mit einer Frau die Nacht verbracht?"

„Nein."

„Dann bist du noch Jungfrau, aber kein Mann", lachte er.

„Ich bin ein Mann, und zwar ein anständiger Mann, und kein Hurenbock."

„Jeder Mann muss mal eine Frau haben."

„Ich habe ein nettes Mädchen das ich liebe."

„Die kleine die vor ein par Tagen hier war?"

„Ja."

*

Eine Woche später trafen Baer und Koch in Bielefeld ein. Die Beiden gefielen Henry noch weniger. Sie gingen mit Nik jeden Abend ins Wirtshaus. Auch bei der Arbeit waren sie meist unter sich. Die Gesprächsthemen: Weiber, Saufen und so weiter. Henry wurde von ihnen jedoch in Ruhe gelassen, und er konnte sich wieder ganz auf seine Arbeit konzentrieren. Das hatte er vor allem zwei Umständen zu verdanken. Zum einen wollte Nik nicht, dass Henry noch mehr verärgert wurde, zum zweiten war Henry derjenige in der Werkstatt, der die meiste Ahnung von den Nähmaschinen hatte. Wenn Nik erst mal beim Militärdienst wäre, würde er hier das Sagen haben, und eine Art Vorarbeiterstellung einnehmen. Das verschaffte ihm Respekt bei den Beiden, auch wenn er nicht Tabak rauchte, Bier soff oder gar Frauenspersonen hinterherstieg.

Das Jahr 1866

Meistens kommt alles anders als man denkt. So auch bei Henry. Nikolaus Dürrkopp kam nicht nach zwei Jahren vom Militär zurück sondern erst nach sechs Jahren. Zwei politische Ereignisse hinderten ihn an eine frühere Rückkehr. Der eine Grund war der Krieg gegen Dänemark, der kurz vor Niks Entlassung aus der Preußischen Armee ausbrach. Seine Dienstzeit wurde um zwei Jahre verlängert. Dann kurz vor Ende seiner zweiten Dienstzeit brach 1864 der Krieg gegen Österreich aus. Zwar gingen diese Kriege für Preußen siegreich zu Ende, da für die Armee aber Männer gebraucht wurden, fehlten diese bald in den Fabriken. Wirtschaftlich war dies eine eher unsichere Zeit, und so erschien es Henry eh ratsamer mit seinen Plänen noch ein wenig zu warten. Darum arbeitete er weiterhin bei Böckelmann und lehrte den beiden Gehilfen die Funktionsweise der Nähmaschinen

Dann war es endlich so weit. Schon Tage vorher wusste Henry, dass Nik zurückkam und war auch schon aufgeregt ihn endlich wiederzusehen. Henrys zukünftiger Partner hatte ihm eine Reihe von Briefen geschrieben in denen er von seinen Abenteuern im Krieg berichtete. Nik war nach seiner Entlassung erst zu seinen Eltern nach Herford gefahren um die unversehrte Heimkehr aus dem Krieg zu feiern.

Dann kam er endlich nach Bielefeld. Henry hatte sich frei genommen um ihn am Bahnhof abzuholen. Freudig fielen sie sich in die Arme.

„Und Henry, hast du dich schon nach einer Werkstatt umgesehen?"

„Nicht sehr intensiv, du warst ja bis jetzt beim Militär. In den vergangenen Jahren hat sich einiges geändert. Bielefeld hat nun wesentlich mehr Fabriken, und es sind jetzt auch wesentlich mehr Menschen hier. Bis aus Polen hat man die Leute angeworben."

„Und die Technik, wie hat sich die entwickelt?"

„Die geraden Nähnadeln haben sich durchgesetzt, das alte System mit den gebogenen Nadeln ist nicht mehr aktuell."

„Da hast du ja recht gehabt, mit deinen ersten Maschinen, welche Veränderungen hat es sonst noch gegeben ?"

„Die Maschinen sind kleiner und leichter geworden, und häufig baue ich jetzt Maschinen nach den Wünschen der Fabrikanten."

„Nach den Wünschen...?"

„Ja, ein Schuster braucht eine Maschine mit einer starken Nadel, und einer niedrigen Übersetzung, damit auch Leder genäht werden kann. Ein Schneider der Oberhemden herstellt benötigt dagegen eine wesentlich filigranere Maschine."

„Und du baust sie dann, wie sagtest du noch, nach den Wünschen der Kunden."

„Genau."

Sie schritten langsam in Richtung Stadt. Nik machte ein nachdenkliches Gesicht. Es war ein typischer Apriltag. Mal regnete es, mal schien die Sonne, die dann die Feuchtigkeit verdampfen ließ und einige Nebelschwaden über der Stadt bildete, die dann in kleinen Wölkchen den Teutoburger Wald hinaufzogen. Bei dem ersten Wirtshaus stoppte Nik.

„Na Henry", rief Nik und schlug Henry kräftig auf die Schulter, „unser Wiedersehen wollen wir nun erst mal richtig begießen. Dabei können wir uns auch über die Neuigkeiten in der Nähmaschinenherstellung unterhalten."

Er zog Henry in die Schankstube.

„Das letzte mal als wir Beide losgegangen sind ist das übel ausgegangen."

„Fang einfach keinen Streit an Henry."

Der Raum war düster, und um diese Uhrzeit war eh noch keiner da. In einer Ecke saßen drei jiddische Männer und diskutierten angeregt in einer für Henry nicht verständlichen Sprache. Der alte glatzköpfige Wirt schaute nur einmal kurz auf und wandte sich dann wieder der Reinigung seiner Bierhumpen zu.

Nik stellte seinen Rucksack auf einer Bank ab und setzte sich daneben. Auch Henry setzte sich an den Tisch.

„Zwei Bier und zwei Gläser Schnaps", rief Nik

„Bringen sie lieber einen Humpen Bier ein Glas Schnaps und einen Krug von eurem besten Wein", berichtigte Henry.

„Uhi, Henry. Jetzt wohl ein ganz feiner Pinkel was."

„Ach Quatsch Nik, ich werde nur von Bier und Schnaps zu schnell besoffen."

„Aber dir scheint es ja gut zu gehen. Deine Kleidung scheint ja nicht grade billig gewesen zu sein. Und wenn ich die feinen Lederstiefel sehe..."

„Ich arbeite viel in meiner Werkstatt, bei meiner Isabel".

„Bei deiner Isabel aha. Und was sagt Böckelmann dazu."

„Böckelmann, Böckelmann, der hat immer noch nicht mehr Ahnung als vor sechs Jahren, aber die beiden Aushilfen, der Koch und der Baer, die saufen zwar immer noch wie ein Loch aber arbeiten können sie. Die haben auch schon vom selbständigen Arbeiten gelabert, aber ihnen fehlt das Geld."

„Haben wir denn die finanziellen Möglichkeiten, und was sagt Böckelmann dazu?"

„Böckelmann ist das egal. Der hat doch überhaupt keine Lust sich mit den defekten Maschinen rumzuschlagen, der würde mir doch lieber heute als morgen einen Kredit geben, damit ich mich selbständig mache, aber ich habe ihm eine Abfuhr erteilt. Das große Geld ist nicht mit der Reparatur sondern mit dem Bau dieser Maschinen zu machen."

„Verdient Böckelmann nicht genug mit der Reparatur"?

„Das schon, aber er ist nun mal Uhrmacher, und kein Techniker."

„Und was gibt es neues auf dem Nähmaschinenmarkt?"

„Wie gesagt, die neuen Maschinen sind wesentlich kleiner. Auch die anderen Hersteller sind schon darauf gekommen weniger Teile zu verwenden, die im einzelnen aber aufwendiger herzustellen sind, und was mich am allermeisten fasziniert hat ist, dass der Mantel der Maschinen aus einem Guss besteht, und er hat richtig tolle Rundungen."

„Wie sollten wir dagegen angehen? Sollen wir auch noch eine Gießerei gründen? Wer ist denn auf die Idee gekommen mit dem Guss."

„Auf die Idee sind die Amerikaner gekommen, aber ich halte nicht viel davon."

„Und warum nicht ? Henry überleg doch mal wie einfach das ist. Die Hülse wird fertig gegossen, und wir bauen nur noch die Mechanik herein."

„Nicht alles was neu ist ist auch gut. Ich habe schon zwei Maschinen zur Reparatur gehabt, und du kommst nur äußerst beschissen an die Mechanik heran ."

„Aber die Reparatur soll uns doch egal sein."

„Das denke ich nicht. Wie gesagt, das gute Geld liegt beim Bau der Maschinen und nicht bei der Reparatur. Unsere Maschinen sollten einfach und leicht zu reparieren sein. Am besten sie gehen so wenig wie möglich kaputt."

„Und wenn die Maschinen ewig halten verkaufen wir nach einigen Monaten keine einzige Maschine mehr."

„Quatsch Nik, hier wird wie verrückt gebaut. Die Feldmark ist schon dicht besiedelt. Überall entstehen neue Firmen. Schau mal, erst kam die Ravensberger Spinnerei, dann die Weberei und jetzt die ganzen Unternehmen die die Wäsche nähen, es ist eine rasante Entwicklung."

Nik trank das restliche Bier aus seinem Humpen, und gab dem Wirt einen Wink, damit er noch einmal auffüllt. Dann wandte er sich wieder Henry zu.

„Und du meinst wir können genügend Nähmaschinen verkaufen."

„Klar. Du mußt dir mal anschauen was am Bahnhof an Kisten ausgeladen wird. Da sind einige für die Wäschefabriken dabei, und da sind Nähmaschinen aus Amerika drin, und was meinst du was die kosten ? Bis zu 1500 Taler."

Nach diesen Worten zog Henry eine kleine Mappe aus seiner Jacke und schob sie Nik über den Tisch zu.

„Schau dir mal meine Entwürfe an."

Henry wandte sich wieder seinem Wein zu. Aus ihm war inzwischen ein stattlicher Mann geworden der wusste was er wollte.

Er schaute aus dem Fenster wo Regenwolken die Sonne am Himmel abgelöst hatten. Er dachte an Isabel. Er wollte ihr schon lange einen Heiratsantrag machen, nur seine Schüchternheit konnte er einfach nicht ablegen.

„Was ist das?" Nik holte Henry mit diesen Worten schlagartig aus seinen Gedanken zurück. Nik zeigte auf das Ende der Hauptwelle die durch den äußeren Mantel der Maschine ging und die Nadel bewegt.

„Und hier auf der anderen Seite?"

„Das sind Nadellager."

„Nadellager?"

„Genau. Dadurch läuft die Welle ruhiger und sie läuft auch nicht gleich unrund wenn man vergisst sie zu fetten."

„Und wie sollen wir die Nadellager bauen? Weißt du wie lange das dauert und was das für eine Fummelarbeit ist?"

„Wir kaufen die Lager."

„Woher, und von wem."

„Von einer Firma aus Berlin. Sie stellt Kugel und Nadellager für Uhren her. Die Adresse habe ich auf einem Lieferschein bei Böckelmann gefunden. Ich habe sie auch gleich angeschrieben. Wenn wir einhundert Stück auf einmal abnehmen bezahlen wir nur sechzehn Silbergroschen pro Stück."

„Das sind sechzehn Silbergroschen zu viel, und was soll das bringen." meinte Nik der seinen Bierhumpen schon wieder gelehrt hatte.

„Überleg doch mal. Wenn wir eine Welle einbauen, die einen Durchmesser von 5 Millimeter hat, dann bohren wir ein Loch von 4,8 Millimeter Durchmesser und dann schleifen wir so lange daran herum bis das Loch glatt poliert und passend für die Welle ist, das dauert Stunden."

„Aber ein Nadellager kostet sechzehn Silbergroschen."

„Als mein Vater damals die Ravensberger Spinnerei mit aufbaute, da fragte ich ihn, warum man nicht die alten Spinnräder behalten würde, die in den Bauernstuben ständen. Er sagte mir, dass man mit den großen Spinnmaschinen hundert mal so viel spinnen könnte wie ein Spinnrad. Ich kann heute kaum noch meine Muttersprache, aber einen Satz meines Vaters habe ich nie vergessen, er lautet -time is money-"

„Und was heißt das?"

„Zeit ist Geld. Nik überall kann man es sehen, die Fabriken arbeiten immer nach dem Schema, mehr schaffen in weniger Zeit. Bei der Welle ist das genau das selbe. Wir fräsen in das Metall ein dickes Loch, dann pressen wir das Lager in das Loch, Welle rein und passt. Mindestens zwei Stunden gespart."

„Und du meinst das bringt es."

„Klar, ich würde außerdem eine Reihe von Teilen bei kleineren Handwerksbetrieben anfertigen lassen, so dass wir nicht viel Anfangskapital benötigen werden, und trotz dem können wir viele Maschinen bauen."

„Das ist doch sehr erfreulich zu hören", meinte Nik und dann. „Was hast du heute noch vor Henry."

„Ich gehe gleich nach Isabel ich habe mir heute frei genommen."

„Und Böckelmann."

„Der hat Koch und Baer und die können hervorragend Nähmaschinen reparieren, und ich habe auch mehr Zeit für meine Freundin."

„Und weniger Lohn."

„Das hole ich mit dem Bau meiner Maschinen wieder raus, und was machst du heute noch?"

„Ich besuche nachher noch meine Kumpel Heinrich und Karl, und dann mache ich einen drauf." Die Beiden verabschiedeten sich voneinander. Henry wollte die Zeche bezahlen, aber Nik winkte ab. Er wollte das übernehmen wegen seiner Heimkehr.

Es hatte wieder aufgehört zu regnen und Henry beeilte sich.

*

Die Hütte von Isabel und Edith hat sich in den vergangenen Jahren zu einem kleinen Schmuckstück gewandelt. Das Dach ist neu gedeckt worden, die Wände weiß gekalkt und die Fensterläden leuchteten in einem dunklen Grün. Die gesprungenen Fensterscheiben sind ersetzt worden. Im ganzen Haus roch es frisch, nicht zu vergleichen wie muffig es dort mal war.

Henry musste lächeln als er die verträumte kleine Hütte von weitem her sah, auf die er jetzt zielstrebig zumarschierte. Wie aus einem Märchenbuch sah sie aus, mit dem Efeu das an einigen Stellen die Wände emporkletterte und dem kleinen Gärtchen davor das nun mit einem Holzzaun eingerahmt war.

Wieviel Mühe hat das gekostet es so herzurichten. Nein das herrichten eigentlich nicht. Wie oft hatte er versucht Edith und Isabel etwas Geld zuzustecken, aber die Beiden bestanden darauf, lediglich ihren Lohn ausbezahlt zu bekommen, und so musste Henry zu einem Trick greifen. Das Dach deckten zwei Freunde von Henry neu, die ihm angeblich noch einen Gefallen schuldig waren, in Wirklichkeit bezahlte er sie abends in einem Wirtshaus wo sie sich dann trafen. Die Farbe für die Fenster hatte er dagegen angeblich von einem Kunden, der seine Rechnung nicht bezahlen konnte, und ihm dafür einen Eimer feinster Ölfarbe überließ. Leider konnte Henry damit nichts anfangen und so überließ er den beiden Frauen die Farbe.

Auch so eine Notlüge , aber wie sagt man so schön, Zweck heiligt die Mittel.

„Hallo Henry." Isabel sprang auf und lief auf Henry zu. Sie umarmten und küssten sich. Isabel trug ein blau kariertes Kleid, mit einem tiefen Ausschnitt, das die hübschen Rundungen die darunter lagen nur zu gut erahnen ließen. Schon länger hatte Henry das Bedürfnis über die Küsse hinaus zu gehen, was er sich jedoch nicht getraute. Wie gern hätte er ihren hübschen Körper erforscht. Alleine der Gedanke daran brachte sein Blut in Wallung.

„Und was hast du heute geschafft?" fragte er.

„Eine ganze Menge. Die eine Maschine für den Sattler ist fertig. Für die beiden Anderen, die für den Wäschefabrikanten bestimmt sind habe ich keine Teile mehr."

„Dann werde ich dafür sorgen, dass du morgen die Teile bekommst."

Sie besprachen noch den Bau der weiteren Maschinen, dann machten sie sich einen schönen Tag.

Es wurde Abend. Sie saßen an dem Tisch in der Wohnstube und tranken eine Tasse Tee, als Edith nach Hause kam und sich keuchend auf einem Stuhl am Tisch niederließ.

„Na ihr Beiden, habt ihr einen schönen Tag gehabt?"

Noch bevor Isabel und Henry antworten konnten wurde Edith von einem schrecklichen Hustenanfall geschüttelt. Isabel sprang auf und klopfte ihrer Mutter leicht auf den Rücken. Auch Henry war jetzt aufgestanden, holte eine Tasse aus dem Regal und goss ihr etwas Tee ein.

„Ist schon gut Kinder." Sie nippte an ihrem Tee. Henry schaute grimmig zu ihr herüber.

„Morgen bleibst du zu Hause Edith und ich hole einen Arzt. Den Dr. Bertelsmann und den Arzt Dr. Tiemann kenne ich recht gut. Das sind Kassenärzte der Ravensberger Spinnerei, ich werde morgen zu ihnen gehen und sie herschicken."

„Ich gebe ja zu, dass du hier der einzige Mann weit und breit bist", zischte Edith mit bösen Augen, „aber noch bin ich diejenige die in diesem Haus bestimmt, und ich sage mein Husten wird von alleine besser."

„Verdammt." Henry schlug mit der Faust auf den Tisch dass die Tassen schepperten, „ich sehe nicht mit an wie du dich zu Grunde richtest. Schau dich doch an, du bist durch die Arbeit um zwanzig Jahre gealtert, du machst dich kaputt. Und wenn du daran stirbst, was ist dann mit deiner Tochter?"

Isabel schaute erschrocken, so hatte sie Henry noch nicht erlebt. Ganz wiedererwarten begann Edith zu schmunzeln, aber sie goss noch Öl ins Feuer und antwortete ruhig.

„Was kümmert dich das Schicksal meiner Tochter?"
Henry stützte sich mit seinen Händen an der Tischkante auf und schaute Edith wütend an.

„Weil ich Isabel liebe verdammt noch mal, und weil ich nicht möchte, dass sie ihre Mutter verliert." Edtith lachte und Isabel wurde rot. Auch Henry merkte, dass ihm etwas über die Lippen gekommen war was er sich eigentlich nicht zu sagen traute.

„Glaubt ihr Beiden wirklich ich hätte das noch nicht bemerkt?", und dann zu Isabel „Dein Vater war da ganz anders."

„Entschuldige Edith."

„Warum entschuldigst du dich Henry. Weil ihr euch liebt? Ich habe meinen Mann auch geliebt, das ist keine Sünde, sondern das schönste Geschenk Gottes. Außerdem bist du ein anständiger fleißiger Bursche der sein hart verdientes Geld spart, und nicht bis spät in der Nacht in einem Wirtshaus versäuft. Nein Henry, so einen Schwiegersohn kann sich eine Mutter nur wünschen."

„Wie lange weißt du schon davon Edith." Fragte Henry.

„Henry , du solltest nicht fragen wie lange, sondern ob ich mit einer Heirat einverstanden bin."

Henry schaute sich hilfesuchend um, aber selbst Isabel grinste ihn nur hämisch an. Dann fasste er sich jedoch ein Herz und trat an Edith heran und begann feierlich zu sprechen.

„Liebe Edith, ich bitte dich um die Hand deiner Tochter."

Edith schaute ernst zu Henry auf und antwortete.

„Aber ich bin nur eine arme Fabrikarbeiterin, da darfst du nicht auf eine hohe Mitgift hoffen."

„Die möchte ich auch gar nicht, die Liebe deiner Tochter ist der größte Reichtum für mich."

„Dann habt ihr meine Segen."

Mit einem Aufschrei viel Isabel Henry um den Hals. Edith machte einen glücklichen Eindruck. Gedankenversunken betrachtete sie ihre Hände die mit Narben und kleinen Wunden, die die Arbeit hinterlassen hatte, übersät waren. Eine Träne kullerte ihr über die Wange.

„Ich werde heute etwas eher gehen, ich möchte meinem Ziehvater die freudige Nachricht überbringen", rief Henry aus der noch immer Isabel im Arm hatte. Er gab seiner zukünftigen Frau einen Kuss, löste sich dann sanft aus ihrer Umarmung und eilte zur Tür. Er war schon aus der Hütte als er noch mal seinen Kopf durch die Tür steckte und Edith zurief.

„Aber du bleibst morgen zu Hause und wartest auf den Arzt den ich morgen vorbeischicken werde."

„Ist gut Henry, ich bleibe morgen im Bett."

Dann war er auch schon verschwunden. Glücklich ging er zurück zum Meierhof. Er fühlte sich erleichtert. Als wäre ihm eine schwere Last von der Seele genommen worden.

*

Am nächsten Morgen suchte Henry als erstes die Kassenärzte der Ravensberger Spinnerei auf. Dr.

Tiemann war in seiner Praxis. Nach längerer Wartezeit kam der Arzt auf ihn zu und fragte.

„Na junger Mann was kann ich für dich tun, du siehst gesund und kräftig aus."

Dr. Tiemann sah aus wie man sich einen Arzt vorstellte. Schlank, großgewachsen, in einem schwarzen maßgeschneiderten Anzug mit Weste an dem ein sauberer weiß leuchtender Kragen herauslugte. Selbst der Kneifer und die Uhrkette die silbern über die Weste baumelte fehlte nicht.

„Es ist nicht wegen mir, sondern wegen meiner Schwiegermutter. Sie hustet stark und musste heute im Bett liegen bleiben."

„Arbeitet sie denn in der Ravensberger Spinnerei?"

„Ja."

„Dann sind von der Krankenkasse nur die Kosten für die Behandlung in der Praxis gedeckt. Wo wohnt sie denn."

„In Heepen."

„Dann kommen noch mal zwei Taler und elf Silbergroschen dazu."

Henry zückte seinen Geldbeutel, zahlte die gewünschte Summe und verließ die Praxis, jedoch nicht ohne ihm mitzuteilen, dass er der Frau Haag nichts davon erzählen sollte, dass er ihm das Geld bezahlt hatte. Dann schlenderte er Richtung Böckelmann, zu seiner Arbeitsstelle. Als er dort ankam ging er nicht in die kleine Werkstatt sondern gleich in den Uhrenladen des Meisters. Ein kleines Glöckchen läutete als er den kleinen Raum betrat. Der Meister schaute hinter dem Tresen auf, wo er sich grade mit einer Taschenuhr beschäftigte die sich offenbar nicht mehr aufziehen ließ.

„Na Henry, das kenne ich ja gar nicht von dir um diese Uhrzeit, hast du verschlafen?"

„Ich muß mit ihnen reden Meister."

„Das hört sich ja richtig feierlich an, dann komm mal nach hinten."

Sie setzten sich an einen Tisch, der in dem Raum hinter dem Laden stand.

„Also wenn es um deinen Lohn geht Henry, ich kann dir nicht mehr zahlen."

„Nein darum geht es nicht. Ich möchte die nächsten Tage frei nehmen. Ich möchte heiraten."

Der Meister schaute Henry mit großen Augen an, dann klopfte er ihm väterlich auf die Schulter und sprach mit tiefer Stimme.

„Das freut mich für dich Henry", und dann laut in Richtung Küche, „Mutter bring mal eine Flasche Schnaps, Henry heiratet."

Kurz darauf kam sie auch schon mit einem Tablett auf dem zwei Gläser und eine Flasche stand und stelle es auf dem Tisch ab. Dann tätschelte sie Henry auf den Kopf und begann auch schon loszuplappern.

„Das freut mich. Es ist so schön wenn zwei junge Menschen sich lieben. Als ich damals meinen Mann..."

„Ach Weib fang nicht wieder mit den alten Kamellen an, geh wieder in die Küche."

Beleidigt zog sie ab.

„Und was möchtest du von mir, du bist doch nicht gekommen um mir zu erzählen, dass du heiratest."

„Nein meine Schwiegermutter ist schwer krank, einer muss sich um sie kümmern. Außerdem ist Nikolaus wieder da, der kann mich vertreten. Und dann ist noch folgendes, ich habe mich dazu entschlossen mich selbständig zu machen."

Meister Böckelmann grinste und füllte die Gläser voll.

„Ich habe mir schon so etwas gedacht." Und kippte sich das Glas in einem Zug runter

„Wenn ich dir dabei helfen kann, sag es mir Henry ich bin stolz auf dich."

„Ich denke ich schaffe es alleine, das einzige was ich noch benötige ist eine Werkstatt."

„Ich hör mich mal um!"

Henry bedankte sich bei seinem Meister für sein Verständnis und ging. Vor der Tür atmete er tief durch. Nun hatte er seine ganzen Angelegenheiten geregelt, fehlten nur noch die Räumlichkeiten für die Werkstatt.

Der Streit

Als Henry gegen Mittag bei der Hütte seiner zukünftigen Frau ankam hatte Dr. Tiemann gerade seine Untersuchung beendet.

„Es ist ein chronischer Katarrh der Lunge", erwähnte er fast beiläufig.

„Und was können wir tun um ihr zu helfen?"

„Viel Tee trinken und warm halten."

„Haben sie keine Medikamente dabei.?"

„Nichts was wirklich hilft." Er machte ein schrecklich ratloses, besorgtes Gesicht. Dann nahm er jedoch seine schwarze Ledertasche, öffnete sie und kramte darin rum bis er ein kleines Fläschchen gefunden hatte, das er andächtig auf den Tisch stellte.

„Das ist ein Kräuterextrakt aus Kamillenblüten und Huflattig, der hilft ein wenig gegen das Fieber, aber gegen diesen chronischen Husten ist einfach kein Kraut gewachsen."

„Ist das gefährlich?"

„Wenn das Fieber steigt kann die Krankheit tödlich enden. Sie hat sich viel zu spät krank gemeldet."

„Sie hatte Angst entlassen zu werden."

„Ja das erlebe ich täglich in meiner Praxis. Das liegt an den Arbeitsbedingungen in der Fabrik, die meisten kommen erst in die Praxis wenn es zu spät ist."

„Können sie nicht mal mit den Inhabern der Fabrik reden und ihnen das mitteilen."

„Mein Junge, was soll ich denen denn erzählen. Etwa das die Frauen nur noch zehn Stunden am Tag arbeiten sollen, weil sie dann gesünder bleiben. Mein Junge das interessiert die nicht. So jetzt muss ich aber los, wenn es schlimmer wird kommst du einfach in meiner Praxis vorbei."

Dann war er auch schon im Begriff zu gehen. Henry stand nur da und nickte betroffen. Hoffentlich wird es nicht schlimmer, Edith ist eine so nette Frau, dachte er. „Henry bist du noch da?" Die schwache Stimme Ediths drang aus ihrer Schlafkammer. Henry öffnete die Tür und ging leise hinein.

„Was kann ich für dich tun Edith?", fragte er sanft. Er erschrak fast als er Edith sah. Haarsträhnen lagen über ihrem Gesicht das vor Schweißperlen tropfte. Sie war aschfahl und atmete schwer.

„Komm mein Junge, setz dich zu mir." Henry tat was Edith ihm auftrug und setzte sich auf die Kante ihres Bettes. Sie griff nach seiner Hand und schloss sie fest in die ihren.

„Henry, Isabel ist zum Markt gegangen um einen Laib Brot und Tee zu kaufen. Henry jetzt wo wir alleine sind möchte ich dir eine Frage stellen. Liebst du meine Tochter wirklich?"

„Aber natürlich", antwortete Henry, schon fast entrüstet. Edith schloß ihre Augen und lächelte zufrieden.

„Henry du musst immer gut für sie sorgen, und sie glücklich machen, denn ich glaube ich werde diese Krankheit nicht überleben."

„Edith mach dir keine Sorgen ich verspreche es dir."

„Schade dass ich es nicht mehr miterleben werde wenn meine Enkelkinder zur Welt kommen."

„Denk nicht an so Etwas Edith, das wird alles wieder gut, du solltest jetzt versuchen zu schlafen."

„Nur noch eins Henry, kein Wort zu Isabel."
Henry nickte traurig. Er schloss leise die Tür zu Ediths
Schlafzimmer und setzte sich dann an den Tisch in der
Wohnstube. Jetzt wo alles geklärt und geplant schien,
die Hochzeit mit Isabel die Werkstatt mit Nik. Jetzt
zogen auf einmal dunkle Wolken auf.

*

Edith starb eine Woche später, obwohl der Arzt noch
zwei mal vorbeisah. Die ganzen Heilmittel wirkten
nicht, und das Fieber stieg unaufhörlich. Sie hatte recht
behalten. Sie sollte nicht mehr erleben wie sie
Großmutter wird.
Isabel war kaum zu beruhigen. Tagelang weinte sie.
Nicht mal mit Henry wollte sie reden, und er ließ sie
in Frieden. Er wusste, dass nur die Zeit Isabels
Traurigkeit lindern konnte.
Henry kümmerte sich um die Räumlichkeiten die er
mit Nik anmieten wollte. Nach einigen Wochen wurde
er fündig. Nur wenige hundert Meter von er Stadt
entfernt mietete er einen kleinen Schuppen. Er war
zwar baufällig und hatte nicht mal einen Ofen, dafür
war die Miete billig. Einen Keller hatte der Schuppen
auch. Nik moserte zwar und meinte, es währe eher eine
baufällige Ruine, aber dann sah er doch ein, dass es
von Vorteil wäre, wenn man am Anfang nicht so viel
Miete bezahlen müsse und so mehr Kapital für die
Werkzeuge zur Verfügung hatte.

Sie begannen als erstes damit den Schuppen von allerlei Gerümpel zu befreien und die Halle auszufegen. Auch einige Fenster waren zersplittert und die Tür hing schief in den Angeln. Der Vermieter bot Henry an in das Wohnhaus, gegenüber einzuziehen, da dort grade eine Wohnung frei geworden wäre. Henry hatte erst überlegt dort einzuziehen. Er hatte auch mit Isabel darüber gesprochen, sie wollte allerdings in der Hütte wohnen bleiben, da in den Räumen, wie sie meinte immer noch der Geist ihrer Mutter zu spüren sei.

Im Juni hatten sich Henry und Isabel dann endlich auf einen Hochzeitstermin geeinigt. Es wurde keine aufwendige Feier. Getraut wurden sie in einer kleinen Kapelle in Heepen. Lediglich sein Meister mit Frau, die Arbeitskollegen und sein Ziehvater waren dabei. Anschließend wurde vor der kleinen Hütte gefeiert und gesoffen. Da es Sommer war feierten sie im Garten bis spät in die Nacht.

Weil Isabell die Hütte nicht verlassen wollte zog Henry nun zu ihr. Trotz des unerwarteten Todes von Edith waren die beiden glücklich. Henry arbeitete nun überhaupt nicht mehr bei Böckelmann, sondern kümmerte sich ausschließlich um den Bau seiner Nähmaschinen. Oft saß er bis spät in der Nacht über seinen Zeichnungen und überlegte wie er die Mechanik noch verbessern könnte. Er hatte die Idee von Anfang an unterschiedliche Modelle zu bauen. Es sollte noch ein Jahr dauern bis Henry und Nik den Betrieb aufnehmen konnten.

*

Oktober 1867. Vor zwei Wochen hatte Nikolaus Dürrkopp beim Uhrmacher Böckelmann gekündigt. Auch Karl Baer hatte sich mittlerweile selbständig gemacht. Er hatte sich einen kleinen Raum direkt neben dem Geschäft des Meisters angemietet, wo er selbständig Nähmaschinen reparierte. Herr Böckelmann sah ihn keineswegs als Konkurrent. Er war froh dass er endlich die lästigen Nähmaschinen los war und sich nun ganz seine Uhren widmen konnte.

Henry und Nik hatten das letzte Jahr viel gearbeitet. Stolz betrachteten sie nun, was sie sich geschaffen hatten.

Die Auftragsbücher waren voll, so daß sich die beiden Geschäftspartner dazu entschließen mussten noch vier Gehilfen einzustellen. Bei allen Differenzen die sie untereinander ausfochten, mußte Henry doch zugeben, daß Nik ein glückliches Händchen bei geschäftlichen Dingen hatte. So war er einige Wochen vor der Eröffnung ihres Betriebs zu den umliegenden Wäschefabriken gereist, und hatte den Betrieb und die Nähmaschinen vorgestellt. Nun fehlte nur noch das Schild mit dem Schriftzug -DÜRRKOPP & SCHMIDT-

„Weiter weiter, ja noch ein Stück, Stop."
Henry zog an dem Seil das das neue Firmenschild durch einen Flaschenzug an den Giebel des Schuppens emporhiefen sollte. Nik stand auf einer Leiter und wollte das Schild annageln.

„Ist das so grade.....? Henryyyyy. Hör auf zu träumen."
Henry war in Gedanken. Er dachte daran was er sich in den vergangenen Jahren aufgebaut hatte. Er dachte an

Isabel bei der die letzte Regel ausgeblieben war. Ein untrügliches Zeichen für eine Schwangerschaft. Er lächelte. Henry der Vater, kaum vorzustellen, dass bald so ein kleiner Mensch, sein eigen Fleisch und Blut............

„Ey du Arschloch!!!" Nik fluchte. Er stand wie ein hilfloser Idiot auf der Leiter. In der einen Hand einen Hammer, mit der anderen hielt er das Schild waagerecht."

„Was ist Nik."

„Könnte der edle Herr Schmidt einmal die Liebenswürdigkeit besitzen und schauen ob das Schild grade hängt."

„Ja, warum?"

„Warum Warum." Nik schüttelte verständnislos den Kopf und fing an die Nägel in das Holz zu schlagen. Nach wenigen Minuten war er fertig, stieg die Leiter hinab und trat einige Schritte zurück um sein Werk zu begutachten.

„Links hätte es etwas höher gekonnt, Henry wo bist du nur mit deinen Gedanken. Die Ehe scheint dir nicht gut zu bekommen." Er schlug Henry mit der flachen Hand auf den Rücken und setzte sein Grinsen auf.

„Nik, meinst du nicht wir hätten doch eine Dampfmaschine kaufen sollen. Eine ganz kleine vielleicht, der Uhrmacher Böckelmann hätte uns bestimmt einen Kredit gewährt."

„Nein Henry keinen Kredit." Nik schüttelte energisch den Kopf

„Wir haben nicht viel vorzuweisen. Eine Drehmaschine, eine Bohrmaschine, Eine Schleifmaschine, ein par Schraubstöcke, Feilen,

Zangen, Hämmer und sonstiger Kleinkram. Mehr nicht."

„Dafür haben wir eine volle Kasse. Kein Problem mit der Miete, kein Problem mit den Löhnen, kein Problem mit dem Rohmaterial, alles können wir ohne Probleme bezahlen. Die nächsten drei Monate sind abgesichert, und diese Zeit um den Betrieb anlaufen zu lassen benötigen wir dringend."

Henry überlegte. Nik hatte wahrscheinlich recht. Es war zwar eine umständliche Methode, aber dennoch, wenn jemand an der Dreh oder Bohrmaschine arbeiten wollte, mußte erst einer der Gehilfen in den Keller steigen und mit der Hand das Schwungrad antreiben, das dann über Lederriemen die Maschinen im Erdgeschoß in Bewegung setzte.

Die Rechnung ging auf. Aus den anfänglich vier Gehilfen wurden bald zwölf, dann zwanzig und bald über vierzig Arbeiter. Die Nähmaschinen wurden mittlerweile auch in Holzkisten weit über die Grenzen Bielefelds hinaus verkauft. Nikolaus entdeckte den Kaufmann in sich. Immer wieder schrieb er Wäschefabrikanten an, die dann fast immer Nähmaschinen bei ihnen bestellten. Viele kamen zwar erst Monate später, aber die Maschinen fanden reißenden Absatz. Zu manchen Jahreszeiten, das fand er schnell heraus, begann der Absatz zu stocken, und so dachte er bald über die Herstellung anderer Geräte nach, Henry war jedoch strikt dagegen.

Eines Tages kam Henry in die Werkstatt, und ging zielstrebig auf Nik zu.

„Nik komm mal in´s Büro, ich muß mit dir reden."

„Was wichtiges?" Er begutachtete grade eine Maschine die Morgen verkauft werden sollte.

„Ich habe gestern einen interessanten Mann kennengelernt."

„Und was ist mit ihm?" Nik war Henry ins Büro gefolgt.

„Pass auf . Häufig verkaufen wir auch Zubehör und Ersatzteile für unsere Maschinen."

„Stimmt."

„Wir verschicken diese mit der Post, nachdem wir sie umständlich verpackt haben."

„Stimmt auch, und was hat das mit dem Mann zu tun?"

„Der Mann wohnt am Gehrenberg und hat sich bisher damit über Wasser gehalten Schulhefte zu binden. Seit einiger Zeit stellt er in seinem Keller kleine Schachteln und Kartons her. Er hat mir auch angeboten diese mit unserer Firmenanschrift zu bedrucken." „Ist das nicht teuer?"

„Wenn wir mehrere hundert Stück abnehmen bezahlen wir nur ein par Kreuzer für das Stück."

„Und wie heißt der Mann."

„Ernst Gundlach."

„Dann soll er morgen Mittag mal vorbeikommen, dann verhandeln wir."

Nik der dieses Gespür fürs Geschäft hatte dachte auch daran, dass so eine bedruckte Schachtel einiges her machen würde.

*

Natürlich kaufte man bei Ernst Gundlach die benötigten Kartonagen ein. Das Unternehmen lief gut allerdings kam es immer wieder zu Unstimmigkeiten zwischen Henry und Nik. Der Schuppen wurde allmählich zu klein. 1870 siedelte man um, in ein größeres Gebäude. Endlich schaffte man sich auch eine Dampfmaschine an was die Produktion um einiges beschleunigte.

Im Jahr 1871 mußte dann die Produktion zurückgefahren werden. Nik musste wieder für Preußen in den Krieg ziehen. Diesmal gegen Frankreich. Der Betrieb und der Absatz gerieten ins Stocken. Ende 1871 kam Nikolaus Dürrkopp zurück und man legte jetzt erst richtig los mit der Produktion der Nähmaschinen.

Mai 1872

„Henry, ich habe da einige Entwürfe gemacht, schau mal."

„Was soll das sein?"

„Ein Fahrrad."

„Kommst du schon wieder mit dem neumodischen Kram an?"

„Aber wir können doch in den Monaten, wo wir Probleme mit dem Absatz haben, andere Gebrauchsgüter herstellen. Ich habe in den letzten Woche ein Buch gelesen, in dem die neuesten Erfindungen beschrieben sind. Es gibt Motoren die laufen mit Kerosin, und sind um ein vielfaches kleiner als die Dampfmaschinen"

„Ja und einige Leute reden davon, dass in einigen Jahren diese Motoren die Kutschen antreiben werden."

„Ja davon habe ich auch gelesen", bestätigte Nik.

„Quatsch ist das. Die Nähmaschinen laufen gut. Und wenn wir mehr produzieren als wir verkaufen können, dann musst du eben mehr Wäschefabriken anschreiben."

„Henry, vor fünfzehn Jahren, wusstest du noch überhaupt nicht, dass es Nähmaschinen gibt, und heute leben wir von der Produktion sehr gut."

„Wenn du etwas neues machen willst Nik, dann schau mal was ich hier habe."

Henry schob Nik eine Zeichnung herüber, die eine Registrierkasse abbildete.

„Das mein lieber Nikolaus ist real. Eine ausgeklügelte Technik die funktioniert."

„Das machen schon genug Leute, wir müssen etwas neues schaffen, wie damals bei dem Wilson & Wehler System, das wir total verbessert haben."

„Das Fahrrad ist nicht sehr neu."

„Aber man kann es noch verbessern."

„Aber für Registrierkassen brauchen wir keine neuen Maschinen anschaffen."

„Trotzdem könnte das ein lukratives Geschäft sein."

„Lukrativ, wer kann denn mit einem Fahrrad etwas herstellen. Mit den Nähmaschinen ist das etwas anderes. Kaufst du die einfachste Nähmaschine für 500 Taler, kannst du in einem Monat 200 Taler Gewinn machen. Nach zweieinhalb Monaten hat sich die Maschine bezahlt gemacht."

„Und wenn man ein Fahrrad baut, das sich selbst ein Arbeiter leisten kann, kannst du viele davon absetzen und es vereinfacht das tägliche Leben."

„Verkehrsmittel sind zum Scheitern verurteilt. Selbst die Pferdebahn in Bielefeld hat man wegen zu hoher Kosten wieder eingestellt."

„Henry, die Eisenbahn hat sich aber auch durchgesetzt und die hat man 1848 angefangen zu bauen."

„Nachdem sie vorher jahrelang in England getestet worden ist."

Henry verließ wütend den Raum, und ging in seine kleine Versuchswerkstatt, die er sich nach zähem Kampf mit Nik einrichten konnte. Zwar war der Raum klein, aber die Geräte aus dem kleinen Verschlag in Heepen hatte er einbauen können. Ihm zur Seite stand Willi. Ein Arbeiter, der schon an die fünfzig Jahre als sein mochte. Vor Zwei Jahren war ihm ein Eisenspan der von der Drehmaschine abflog in die rechte Hand eingedrungen. Die Wunde entzündete sich, und seit dem konnte er den ganzen Arm nicht mehr voll belasten. Nik wollte ihm daraufhin kündigen, da er nicht mehr einzuplanen war, und es den anderen Arbeitern missfiel, dass sie seine Arbeit mitmachen mußte.

Erst nach dem er Nik zugesichert hatte, dass er seinen Lohn aus eigener Tasche bezahlt, hatte er eingewilligt ihn in der Firma weiter zu beschäftigen und so kam er in Henrys Versuchswerkstatt.

Ganz stimmte das allerdings nicht. Henry nahm ab und an Nähmaschinen zur Reparatur an die Willi dann in Stand setzte, und von diesem Geld bezahlte er ihn dann. Willi hatte viel Erfahrung gesammelt in den letzten Jahren. Er arbeitete sehr sorgfältig und genau, und war Abends der letzte Arbeiter der die Firma verließ.

Als Henry die Tür zu seiner Werkstatt aufstieß freute er sich an der neuesten Nähmaschienerfindung weiterzuarbeiten. Um so erstaunter war er , als er sah wie Willi gerade dabei war ein Teil zu drehen, bei dem Henry nicht wusste wo es in einer Nähmaschine eingebaut werden sollte.

„Was soll das werden Willi.?"

„Ein Zylinder."

„Ein Zylinder für was?"

„Ein Zylinder für eine Gasmaschine."

„Von wem hast du den Auftrag?"

„Von Herrn Dürrkopp."

Dabei übergab er Henry eine Mappe mit Zeichnungen. Henry blätterte die Mappe kurz durch und stürmte dann aus der Versuchswerkstatt hinauf ins Büro von Nik. Wütend knallte er die Mappe auf den Schreibtisch.

„Kannst du mir erklären was das ist."

„Das ist eine Zeichnung", Nik grinste.

„Das sehe ich auch du Idiot, aber das sieht nicht aus wie eine Nähmaschine."

„Das ist ein Gasmotor der mit Benzin läuft."

„So so und dann kann man mir das nicht mitteilen wenn in meiner Werkstatt ein Arbeiter, der von meinem Geld bezahlt wird für dich ein Teil dreht."

Nik atmete tief durch. Erst wollte er zurück blaffen, dann beherrschte er sich aber, wandte sich einem Glasschrank zu und holte eine Flasche und zwei Gläser hinaus.

„Nu bleib mal ruhig, und setz dich erst mal, schau mal ich habe hier einen ganz guten Weinbrand, habe ich von einem Geschäftsfreund."

Henry ließ sich in den Stuhl vor seinem Schreibtisch fallen und schaute ernst drein. Nik goß die Gläser voll und schob Henry eins zu.

„Prost", meinte er kurz und nickte Henry zu. Henry kippte den Weinbrand wütend runter.

„Henry sei nicht verärgert, ich wollte ja nur einen Versuch unternehmen. Wenn du möchtest können wir Willi aus der Firmenkasse bezahlen.

„Darum geht es nicht Nik."

„Worum geht es dann?"

„Du hättest mich blos fragen brauchen."

„Du warst dagegen etwas anderes zu bauen als Nähmaschinen."

„Ich bin dagegen uns auf eine andere Sparte zu verlegen, von der wir keine Ahnung haben, wenn aber mein Geschäftspartner einen Entwurf von einer Maschine hat, und mich darum bittet die doch mal nach den Zeichnungen zu bauen, dann werde ich der letzte sein der nein sagt."

„Ich gebe ja zu das das nicht in Ordnung war."

*

Es folgten in den kommenden Jahren noch viele Versuche. Besonders für den Bau von Fahrrädern machte sich Nik stark. Ganz so unrecht hatte er mit der Idee nicht, denn die Arbeiter in der Fabrik, die gelernt hatten mit Blechschneidern, Drehmaschinen und Bohrmaschinen umzugehen, hätten genausogut

Fahrräder zusammen bauen können anstatt Nähmaschinen.

Dazu kam, dass Nik Kontakte ins Ausland knüpfte. Ja sogar in Amerika fand er Interessenten für Nähmaschinen der Firma Dürrkopp und Schmidt. Neue Maschinen und neue Räumlichkeiten mussten her, denn die ganze Fabrik platzte aus allen Nähten.

Im Oktober 1875 hatten sich die beiden Geschäftsparter dann endgültig verstritten. Die Auftragsbücher waren voll. Der Abverkauf erfolgte ohne Probleme. Um jedoch die Fabrik vergrößern zu können benötigten sie Kapital, das Nik anfangs bei einer Bank aufnehmen wollte. Henry war dagegen, er wollte sparen und dann in einigen Jahren eine neue Halle bauen.

„Nik stell dir mal vor wir nehmen einen Kredit auf und es kommt wieder ein Krieg wie 1871. Damals hakte es an allen Ecken und Enden. Du warst im Krieg, der Verkauf ging zurück. Wenn man in so einer Situation einen Kredit abbezahlen musst ist man ganz schnell pleite."

„Dann frage ich dich Henry, warum unsere Kunden mittlerweile bis zu vier Monate warten müssen, bis wir es schaffen die gewünschte Maschine zu liefern."

„Dann musst du entweder besser planen, oder dir einen anderen Partner suchen."

„Ich habe schon einen Interessenten für deinen Anteil, und er könnte auch noch mehr Kapital einbringen."

„Aha, wer ist es denn?"

„Der Kommissionsrat Kaselowski würde das Kapital beschaffen. Sein Neffe Richard Kaselowski wäre mein neuer Partner."

„Toll, dass ich das auch noch erfahre, die Verträge sind wahrscheinlich schon fertig, nur ich weiß von nichts. Aber das eine sage ich dir, billig wird das nicht, überleg dir mal wieviel Abfindung du zahlen willst:"
Mit diesen Worten verließ er das Büro, knallte die Tür zu und kam nicht wieder.

*

„Henry, was machst du denn hier Isabel war erstaunt. Um diese Zeit kam er sonst nie nach Hause.
„Ich habe mich von Nik getrennt."
„Und die Fabrik?"
„Die kann er haben, und dann kann er sie sich sonst wo hinstecken."
„Und wovon sollen wir dann leben?"
„Da mach dir mal keine Sorgen. Für meinen Anteil muss er viele hunderttausend Taler bezahlen, aber mal eine andere Sache, wenn es uns dann finanziell so gut geht, dann frage ich dich warum wir noch immer in dieser Hütte leben sollen?"
„Für uns reicht die doch, wenn wir jetzt Kinder hätten, aber nach der Fehlgeburt vor sechs Jahren bin ich doch auch nicht noch mal schwanger geworden."
„Aber Isabel wir können es uns doch leisten."
„Vielleicht hast du recht, es steht alles noch so wie damals als meine Mutter gestorben ist."
„Dann lass uns doch anfangen die Sachen die wir nicht mehr brauchen auszusortieren. Am besten wir fangen gleich morgen an. Zeit habe ich ja jetzt genug.

„Was ist denn das für eine Kiste die unter unserem Bett steht", fragte Henry, der gerade dabei war die Möbel zu verrücken, um abschätzen zu können welche Möbel zu Brennholz verarbeitet werden können. Auch das Bett schien sich besser zum heizen als zum schlafen zu eignen.

„Die hat meine Mutter aus Söredom mitgebracht."

„Und was ist drin?"

„Papierkram, Bücher von meinem Vater, so genau weiß ich das nicht ."

„Hast du den Schlüssel dafür."

„Nein, ich weiß auch nicht wo meine Mutter ihn hingelegt haben könnte."

„Soll ich sie aufbrechen?"

„Das müssen wir wohl wenn wir wissen wollen was drin ist."

Henry ging aus der Wohnungstür hinaus, um die Hütte herum zum Schuppen. Bald darauf konnte man Henrys Flüche hören. Er hatte vergessen, dass sein Werkzeug ja in der Firma war. Wenig später kam er jedoch mit der Holzaxt zurück.

„Damit muss es auch gehen", murmelte er. Ein gezielter Hieb und das Schloss riss ab. Isabel trat näher an die Kiste heran und öffnete den Deckel. Darin lagen die Bücher ihres Vaters, eine Bibel und einige Mappen mit Urkunden.

„Schau mal Isabel in diesem Heft, das sieht aus wie ein Kaufvertrag und ein Grundbuch."

„Ja das ist von unserem Häuschen in Söredom an der Nordsee und dem Grundstück dazu."

Henry studierte inzwischen die staubigen Unterlagen, dann setzte er sich an den Tisch und begann zu lesen.

„Das ist ja interessant, das Grundstück scheint ja riesig zu sein."

„Nein Henry, da vertust du dich, wir hatten ein kleines Häuschen mit einem Garten, einem Anlegesteg und einer umzäunten Wiese für die Schafe."

Isabel die sind hier auch eingezeichnet, aber euer Grundstück ist wesentlich größer."

Nun wurde auch Isabel neugierig. Angestrengt betrachtete sie die ausgebreitete Karte.

„Das habe ich nicht gewußt Henry:"

„Dann lass uns doch hinfahren, und dort im Rathaus nachfragen ob die Urkunden korrekt sind."

„In Söredom gibt es kein Rathaus, nur ein Gemeindehaus."

„Ist doch egal, ich war noch nie an der Nordsee, und würde gerne mal hin."

„Weißt du wie lange lange ich mit meiner Mutter unterwegs war bis wir in Bielefeld ankamen, und die Strapazen, ne das möchte ich nicht."

„Lass uns doch einfach mit der Bahn reisen, damit kommen wir bis ins Oldenburger Land, und für den Rest des Weges mieten wir uns eine Kutsche. Geld und Zeit haben wir bald reichlich."

Isabel überlegte kurz, dann antwortete sie.

„Du hast recht Henry, ich würde auch gerne mal wieder das kleine Häuschen sehen wo ich aufgewachsen bin."

*

167

Die Verhandlungen um die Ablösesumme von Henry Carl Schmidt zogen sich in die Länge. Schließlich einigte man sich auf eine Summe, über die Henry niemandem Auskunft geben durfte.

Der Kommissionsrat Kaselowski und sein Neffe Richard Kaselowski hatten einen Anwalt bestellt, der die Verhandlungen leitete. Am 11. April 1876 dann wurde die Firma mit den neuen Teilhabern unter dem Namen Dürrkopp & Co in das Bielefelder Handelsregister eingetragen.

Henry und Isabel konnten ihr Leben genießen, zu Isabels Heimatstadt reisen, und das Oldenburger Land kennenlernen. Da Henry nun Zeit hatte und man ihn als reich bezeichnen konnte, bereiste er viele europäische Metropolen, um sich dort über die neuesten technischen Errungenschaften zu informieren. Er bereute nie, dass er seinen Anteil verkauft hatte. Er hätte nie so viel Möglichkeiten gehabt um sich den neuesten Erfindungen zu widmen, wenn er seinen Anteil an der Fabrik behalten hätte.

Epilog

Ob es sich alles tatsächlich so abgespielt hat, wer weiss das heute schon.
Die Geschichte beruht aber auf einer wahren Begebenheit aus der Mitte des 19. Jahrhunderts, und die dort beschriebenen Personen und Firmen machten Geschichte

Meister Böckelmann wandte sich wieder seinen Uhren zu, und gab das Geschäft an seine Kinder weiter. Noch heute besteht das Geschäft in neuen Räumlichkeiten in der Innenstadt von Bielefeld.

Karl Baer, der Freund von Nicolaus Dürrkopp tat sich mit dem berühmten Kaufmann und Demokraten Rudolf Rempel zusammen und gründete die Fabrik Phönix Nähmaschinen.

Heinrich Koch gründete ebenfalls eine Nähmaschinenfabrik die Firma Kochs Adler

H.C. Schmidt wollte nicht sein restliches Leben mit Faulenzen verbringen. Er gründete mit dem Kaufmann Hengstenberg eine Nähmaschinenfabrik, die auch Registrierkassen herstellte, aber auch Fahrräder, um saisonbedingte Absatzschwierigkeiten auszugleichen. Die Firma wurde unter dem Namen ANKER-WERKE weltbekannt.

Nicolaus Dürrkopp sollte recht behalten. Um saisonale Umsatzprobleme auszugleichen produzierte er, wie auch die anderen Nähmaschinenhersteller, Fahrräder und Motorräder, so dass in Bielefeld ein ganz neuer Industriezweig von Fahrradzulieferbetrieben entstand. Noch bis in die 60ger Jahre war Bielefeld die Region , neben Nürnberg, in der die meisten Zweiräder Deutschlands hergestellt wurden. 1985 Fusionierten die Dürrkoppwerke und die Kochs Adler Nähmaschinenfabrik zur DÜRRKOPP ADLER AG unter der noch heute produziert wird.

Die Kassenärzte Dr. Tiemann und Dr. Bertelsmann setzten sich weiterhin für bessere Arbeitsbedingungen ein. 1874 verfassten sie einen Bericht an die Mindener Regierung in dem sie einen direkten Zusammenhang zwischen den Erkrankungen und den Arbeitsbedingungen sahen.

Ernst Gundlach, der arme Buchbinder der für die Bielefelder Jugend die Schulhefte band fand auch unter den Wäschefabrikanten reißenden Absatz. Das Angebot, die Faltschachteln nach den Wünschen der Kunden zu bedrucken brachte den Durchbruch. Leider konnten sich seine Erben nicht einigen. Zwei Brüder trennten sich und eröffneten getrennt von einander zwei Fabriken. Noch heute werden dort für die Markenindustrie Faltschachteln bedruckt. Die eine Fabrik ist die Graphia Hans Gundlach GmbH in

Bielefeld Brackwede, die andere produziert jetzt in Oerlinghausen einem Vorort von Bielefeld unter dem Namen Gundlach Kartonagen.

Die Spinnerei Vorwärts wurde von den Gebrüdern Bozi noch vor der Ravensberger Spinnerei gegründet. Da in der zweiten Hälfte des 19. Jh die Fabriken in Bielefeld nur so aus dem Boden schossen machte sich in den Spinnereien ein permanenter Arbeitsmangel breit. Der Direktor erkannte recht früh den Zusammenhang zwischen Arbeitsbedingungen und berufsbedingten Krankheiten. Z.B in den Hecheleien die Staublunge, in der Spinnerei Bronchalerkrankungen, und so weiter. Er führte ein System ein, das noch heute aktuell ist. Die Arbeiter und Arbeiterinnen wechselten wochenweise den Arbeitsplatz zb. 1 Woche Spinnerei. 2. Woche Weberei. 3. Woche Abnehmarbeiten. 4. Woche Haspelei.
1870 wurde die Firma von Conrad Bertelsmann übernommen, aber 1901 wieder verkauft. 1925 wurde sie geschlossen.

Die Ravensberger Spinnerei blieb weiterhin treibender Motor der Bielefelder Industrie. 1862 kam die Ravensberger Weberei hinzu. Produziert wurde in den Betrieben bis in die 60ger Jahre. Die Weberei beherbergt heute einen Supermarkt. In der Ravensberger Spinnerei ist heute die Volkshochschule Bielefeld untergebracht. Die Nebengebäude werden als

Disco, Historisches Museum und Ordnungsamt genutzt.

Obwohl die Arbeitsbedingungen für heutige Zeiten schrecklich waren, so muss man beachten, dass in den 40ger Jahren des 19 Jh. In Bielefeld große Not herrschte. Kaum zu glauben, dass in Bielefeld vor 150 Jahren Menschen verhungerten, Kinder unterernährt und ganze Familien obdachlos waren. Die Ravensberger Spinnerei sicherte ihnen das Überleben.